U0618052

大家小书

屐痕处处

郁达夫 著

北京出版集团
北京出版社

图书在版编目（CIP）数据

屐痕处处 / 郁达夫著. — 北京：北京出版社，
2022.4
（大家小书）
ISBN 978-7-200-15233-3

Ⅰ. ①屐… Ⅱ. ①郁… Ⅲ. ①散文集—中国—现代
Ⅳ. ①I266

中国版本图书馆 CIP 数据核字（2019）第 297908 号

总 策 划：安　东　高立志
项目统筹：吴剑文
责任编辑：王忠波　吴剑文
责任印制：陈冬梅　燕雨萌
装帧设计：人马艺术设计·储平

·大家小书·

屐痕处处
JIHEN CHUCHU

郁达夫　著

出　　版　北京出版集团
　　　　　北 京 出 版 社
地　　址　北京北三环中路6号
邮　　编　100120
网　　址　www.bph.com.cn
总 发 行　北京出版集团
印　　刷　北京华联印刷有限公司
经　　销　新华书店
开　　本　880 毫米 ×1230 毫米　1/32
印　　张　7.5
字　　数　105 千字
版　　次　2022 年 4 月第 1 版
印　　次　2022 年 4 月第 1 次印刷
书　　号　ISBN 978-7-200-15233-3
定　　价　42.00 元

如有印装质量问题，由本社负责调换
质量监督电话　010-58572393

目录

　　身体强健、有闲而又有钱的人，出去游山玩水，当然是一件极快乐的事情。每见古人记游或序人记游，头上总要说一句"余性好游"的开场白，读了往往想哄笑出来；因为我想，狗尚且好游，人岂有不好游的道理？

　　孙文定公，在《南游记》的头上，历说了些游的作用，"游亦多术矣；昔禹乘四载，刊山通道以治水；孔子孟子，周游列国，以行其道；太史公览四海名山大川，以奇其文；他如好大之君，东封西狩以荡心；山人羽客，穷幽极远以行怪；士人京宦之贫而无事者，投刺四方以射财"，以表明他自己的出游，是为了"以写我忧"。然而我的每次出游，大抵连孙文定公那样清高的目的都没有的，一大半完全是偶然的结果。因而写下来的游记，也乱七八糟，并无系统。

近年来，四海升平，交通大便，像我这样的一垛粪土之墙，也居然成了一个作游记的专家——最近的京沪杭各新闻纸上，曾有过游记作家这一个名词——于是乎去年秋天，就有了浙东之行，今年春天，又有了浙西安徽之役。然而黄山绝顶，一度也不曾登；雁宕天台，梦里也未曾到；况且此外，还有昆仑五岳，万国九州；算将起来，区区的游迹，只好说是从卧房到了厨下，或从门房到了大厅的一点点路，说游真正还说不上。不过室内旅行，也可作记，少文晚岁，欲卧而游；那么，我的游记，自然也不妨收集起来，做一次对徐霞客的东施之效。更何况印行权——并非版权——一行出卖，还有几百块钱的黄白物好收呢！

将稿子收集好了以后，就想造出一个好听一点的书名来，以骗读者；叫做"达夫游记"哩，似乎太僭，叫做"山水游踪"哩，又似乎太雅；考虑了几天，更换了几次，最后我才决定了一个既不僭，又不雅，但也不俗的名字，叫做"屐痕处处"。

末后的一篇《黄山札要》，是这一次想去黄山时的夹带；然而带而不用，弃之可惜，所以一并收入了；附录的一篇黄秋宜的《黄山纪游》全文，只好算是大夹带之中的小夹带而已。

一九三四年五月　达夫记

一九三三年十一月九日，星期四，晴爽。

前数日，杭江铁路车务主任曾荫千氏，介友人来谈，意欲邀我去浙东遍游一次，将耳闻目见的景物，详告中外之来浙行旅者；并且通至玉山之路轨，已完全接就，将于十二月底通车，同时路局刊行旅行指掌之类的书时，亦可将游记收入，以资救济 Baedeker[1] 式的旅行指南之干燥。我因来杭枯住日久，正想乘这秋高气爽的暇时，出去转换转换空气，有此良机，自然不肯轻易放过，所以就与约定于十一月九日渡江，坐夜车起行。

午后五时，赶到三廊庙江边，正夕阳晻暧，萧条垂

---

1. Baedeker：贝德克尔（1801—1859）是德国出版商，以编纂出版旅行指南闻名，所出旅行指南上均冠以 Baedeker 字样。后遂以 Baedeker 代指旅行指南。

暮的时候。在码头稍待，知约就之陈万里、郎静山二先生，因事未来。登轮渡江，尚见落日余晖，荡漾在波头山顶，就随口念出了：

　　落日半江红欲紫，几星灯火点西兴。

的两句打油腔。渡至中流，向大江上下一展望，立时便感到了一种莫名其妙的愉快，大约是因近水遥山，视界开阔的缘故；"心旷神怡"的四字在这里正可以适用，向晚的钱塘江上，风景也正够得人留恋。

　　到江边站晤曾主任，知陈、郎二先生，将于十七日来金华，与我们会合，因五泄、北山诸处，陈先生都已到过，这一回不想再去跋涉，所以夜饭后登车，车座内只有我和曾主任两人而已。

　　两人对坐着，所谈者无非是杭江路的历史和经营的苦心之类。

　　缘该路的创设，本意是在开发浙东，初拟的路线，是由杭州折向西南，遵钱塘江左岸，经富阳、桐庐、建德、兰溪、龙游、衢县、江山，而达江西之玉山，以通信江，全线约长三百零五公里。后因大江难越，山洞难开，就改成了目下的路线，自钱塘江右岸西兴筑起，经萧山、诸暨、义乌、金华、汤溪、龙游、衢县、江山，仍至江西之玉山，计长三百三十三公里；又由金华筑支线以达兰溪，长二十二公里。建筑经费，因鉴于中央财政之拮据，就先由地方设法，暂作为省营的铁路。省款当然也不能应付，所以只能向管理中英庚款董事会及沪杭银行团等商借款项，以资挹注。正唯其资本筹借之不易，所以建筑、设备等事项，也不得不力谋省俭，勉求其成。计自民国十八年筹备开始以来，因省政府长官之更易而中断之年月也算在内，仅仅于两三年间，筑成此路。而每公里之平均费用，只三万余元，较之各国有铁路，费用相差及半，路局同人的苦心计划，也真可以佩服的了。

江边七点过开车，达诸暨是在夜半十点左右。车站在城北两三里的地方，头一夜宿在诸暨城内。

诸暨　　五泄

十一月十日，星期五，晴快。

昨晚在夜色微茫里到诸暨，只看见了些空空的稻田，点点的灯火，与一大块黑黝黝的山影。今晨六时起床，出旅馆门，坐黄包车去五泄，虽只晨光晞暝，然已略能辨出诸暨县城的轮廓。城西里许有一大山障住，向西向南，余峰绵亘数十里，实为胡公台，亦即所谓长山者是。长山之所以称胡公台者，因长山中之一峰陶朱山头，有一个胡公庙在，是祀明初胡大将军大海的地方。五泄在县西六十里，属灵泉乡，所以我们的车子，非出北门，绕过胡公台的山脚，再朝西去不行。

出城将十里，到陶山乡的十里亭，照例黄包车要验票，这也是诸暨特有的一种组织。因为黄包车公司，是一大集股的民营机关，所有乡下的行车道路，全系由这公司所修筑；车夫只须觅保去拉，所得车资，与公司分拆，不拉休息者不必出车租；所以坐车者，要先向公司去照定价买票，以后过一程验一次，虽小有耽搁，但比之上海、杭州各都市的讨价还价，却简便得多。过陶山乡，太阳升高了，照出了五色缤纷的一大平原，乌桕树刚经霜变赤，田里的二次迟稻（大半是糯谷）有的尚未割起，映成几片金黄，远近的小村落，晨炊正忙，上面是较天色略白的青烟，而下面却是受着阳光带一些些微红的白色高墙。长山的连峰，缭绕在西南，北望青山一发，牵延不断，按《县志》所述，应该是杭乌山的余脉，但据车夫所说，则又是最高峰鸡冠山拖下来的峰峦。

从十里亭起，八里过大唐庙，四里过福缘桥，桥头有合溪亭，一溪自五泄西来，一溪又自南至，到此合流。又三里到草塔，是一大镇，尽可以抵得过新登之类的小县城，市的中心建有数排矮屋，为乡民集市之所，形状很像大都市内的新式菜场。草塔居民多赵姓，所以赵氏宗祠造得很大，市上当然又有一验票处。过此是五泉庵，遥望杨家溇塔，数里到避水岭，已经是五泄的境界了。

避水岭上，有一个庙，庙外一亭，上书"第一峰"三字。岭下北面，就是五泄溪。登岭西望，低洼处，又成一谷，五泄的胜景，到此才稍稍露出了面目；因为过岭的一条去路，是在山边开出，向右手下望谷中，有红树青溪，像一个小小的公园。岭西山脚下，兀立着一块岩石，状似人形，车夫说，这就是石和尚，从前近村人家娶媳妇，这和尚总要先来享受初夜权，后来经村人把和尚头凿了，才不再作怪。

大约《县志》上所说的留仙石，上镌有"谢元卿结茅处"六字的地方，总约略在这一块石壁的近一旁。

　　自第一峰——避水岭起，西行多小山，过一程，就是一环山，再过一程，又是一个阪，人家点点，山影重重，且时常和清流澈底的五泄溪或合或离，令人有重见故人之感。过西墙弄的桥边，至里坞下朱，眼界又一广；经徐家山下，到青口镇，黄包车就不能走了，自青口至五泄的十余里，因为溪水纵横，山路逼仄，车路不很容易修建，所以再往前进，就非步行或坐轿子不可。

　　自青口去，渡溪一转弯，就到夹岩。两壁高可百丈，兀立在溪的南北，一线清溪，就从这岩层很清的绝壁底下流过。仰起来看看岩头，只觉得天的小，俯下去看看水，又觉得溪的颜色有点清里带黑，大约是岩壁过高，壁影覆在水面上的缘故。我虽则没有到过莱茵多瑙的河边，但立在夹岩中间，回头一望，却自然而然地想起了学习德文的时候，在海涅的名诗《洛来拉兮》篇下印在那里的那张美国课本上的插画。

　　夹岩北壁中，有一个大洞，洞中间造了一个庙，这庙的去路，是由夹岩寺后的绝壁中间开凿出来的，我们爬了半天，滑跌了几次，手里各捏了两把冷汗，几乎喘息到回不过气来，才到了洞口；到洞一望，方觉悟到这一次爬山真不值得。因为从谷底望来，觉得这洞是很高，但到洞来一看，则头上还是很高很高的石壁，而对面的那块高岩，依旧同照壁似的障在目前，展望不灵，只看见了几丝在谷底里是很不容易见到的日光而已。

从夹岩西北进，两三里路中间，是五泄的本山了；一步一峰，一转一溪，山峰的尖削，奇特，深幽，灵巧，从我所经历过的山水比较起来，只有广东肇庆以西的诸峰岩，差能和它们比比，但秀丽怕还不及几分。

好事的文人，把五泄的奇岩怪石，一座座都加上了一个名目，什么石佛岩啦，檀香窟啦，朝阳峰，碧玉峰，滴翠峰，童子峰，老人峰，狮子峰，卓笔峰，天柱峰，棋盘峰……峰啦，多到七十二峰，二十五岩，一洞，三谷，十石，等等，真像是小学生的加法算学课本，我辨也辨不清，抄也抄不尽了，只记一句从前徐文长有一块石碣，刻着"七十二峰深处"的六字，嵌在五泄永安禅寺的壁上——现在这石碣当然是没有了——其余的且由来游的人自己去寻觅拟对吧！

五泄寺，就是永安禅寺，照志书上说，是唐元和三年灵默禅师之所建。后来屡废屡兴，名字也改了几次，这些考据家的专门学问，我们只能不去管它；可是现在的寺的组织，却真有点奇怪。寺里的和尚并不多，吃肉营生——造纸种田——同俗人一点儿也没有分别，只少了几房妻妾，不生小孩，买小和尚来继承的一事，和俗人小有不同。当家和尚，叫做经理，我们问知客的那位和尚以经理僧在哪里呢？他又回答说上市去料理事务去了。寺的规模虽大，但也都坍败得可以，大雄宝殿、山门之类，只略具雏形，唯独所谓官厅的那一间客厅，还整洁一点，上面挂着一块刘墉写的"双龙湫室"的旧匾，四壁倒也还有许多字画挂在那里。

　　在客厅西旁的一间小室里吃过饭后，和尚就陪我们去看五泄；所谓五泄者，就是五个瀑布的意思，土人呼瀑布为泄，所以有这一个名称，最下的第五泄，就在寺后西北的坐山脚下，离寺约有三百多步样子。高一二十丈，宽只一二丈，因为天晴得久了，泄身不广，看去也只是一个平常的瀑布而已。奇怪的是在这第五泄上面的第一、二、三、四各泄，一道溪泉，从北面西面直流下来，经过几折山岩，就各成了样子、水量、方向各不相同的五个瀑布。我们爬山过岭，走了半天，才看见了一、二、三的三个瀑布，第四泄却怎么也看不到。凡不容易见到的东西，总是好的，所以游客各以见到了第四泄为夸，而徐霞客、王思任等作的游记，也写得它特别的好而不易攀登。总之，五泄原是奇妙，可是五泄的前后上下，一路上的山色溪光，我觉得更是可爱。至如西龙潭——我们所去的地方，即五泄所在之处，名东龙潭——的更幽更险。第一泄上刘龙子庙前的自成一区，北上山巅，站在响铁岭岭头眺望富阳紫阆的疏散高朗，那又是锦上之花，弦外之音了，尤其是寺前去西龙潭的这一条到浦江的路上的风光，真是画也画不出来，写也写不尽言的。

　　上面曾说起了刘龙子的这一个名字，所谓刘龙坪者，是五泄山中的一区特异的世外桃源。坪上平坦，有十廿亩内外的广阔，但四周围却都是高山，是山上之山，包围得紧紧贴贴；一道溪泉，从山后的紫阆流来，由北向西向南，复折回来，在坪下流过，成了第一泄的深潭；到了这里，古人的想象力就起了作用，创造出神话来了；万历《绍兴府志》说：

晋时刘姓一男子，钓于五泄溪，得骊珠吞之，化龙飞去，人号刘龙子，其母墓在橦江石山，每清明龙子来展墓，必风雨晦暝；墓上松两株，至今奇古可爱，相传为龙子手植云。

同这一样的传说，凡在海之滨，山之瀑，与夫湖水江水深大的地方，处处都有，所略异者，只名姓年代及成龙的原因等稍有变易而已。

我们因为当天要赶到县城，以后更有至闽边赣边去的预定，所以在五泄不能过夜，只走马看花，匆匆看了一个大概；大约穷奇探胜，总要三五日的工夫，在五泄寺打馆方行，这么一转，是不能够领略五泄的好处的。出寺从原路回来，从青口再坐黄包车跑回县治，已经是暗夜的七点钟了；这一晚又在原旅馆住了一宵。

诸暨　苎萝村

十一月十一日，星期六，晴朗如前。

昨夜因游倦了，并去诸暨城隍庙国货商场的游艺部看了一些戏，所以起来稍迟。去金华的客车要近午方开，八点钟起床后，就出南门上苎萝山去偷闲一玩。出城行一二里，在五湖闸之下，有一小山，当浦阳江的西岸，就是白阳山的支峰苎萝山，山西北面是苎萝村，是今古闻名的美人西施的生地。有人说，西施生在江的东面金鸡山下郑姓家，系由萧山迁来的客民之女，外祖母在江的西面姓施，西施寄住在外祖母家，所以就生长在苎萝村里。幼时常在江边浣纱，至今苎萝山下，江边石上，还有晋王羲之写的"浣纱"两字，因此，这一段江就名做浣纱溪。古今来文人墨客，题诗的题诗，考证的考证，聚讼纷纭，到现在也还没有一个判决，妇人的有关国运，易惹是非，类都如此。

苎萝山，系浣纱江上的一座小山，溪水南折西去，直达浦江，东面隔江望金鸡山，对江可以谈话。苎萝山上进口处有"古苎萝村"四字的一块小木牌坊，进去就是西施庙，朝东面江，南面新建一阁，名北阁，中供西施石刻像一尊。经营此庙者，为邑绅清孝廉陈蔚文先生，庙中悬挂着的匾额对联石刻之类，都是陈先生的手笔。最妙者，是几块刻版的拓本，内载乩盘开沙时，西施降坛的一段自白，辩西施如何的忠贞两美，与夫范蠡献西施，途中历三载生子及五湖载去等事的诬蔑不通。庙前有洋楼三栋，本为图书馆，现在却已经锁起不开了。

管西施庙的，是一位老先生。这位先生是陈氏的亲戚，很能经营。陪我们入座之后，献茶献酒，殷勤得不得了；最后还拿出几张纸来，要我们留一点墨迹。我于去前山看了未完成的烈士墓及江边镌有的"浣纱"两字的浣纱石后，就替他写了一副对，一张立轴。对子上联是定公诗"百年心事归平淡"，下联是一句柳亚子先生题我的《薇蕨集》的诗，"十载狂名换苎萝"。亚子一生，唯慕龚定庵的诡奇豪逸，而我到此地，一时也想不出适当的对句，所以勉强拉拢了事，就集成了此联。立轴上写的，是一首急就的绝句：

> 五泄归来又看溪，浣纱旧迹我重题。
>
> 陈郎多事搜文献，施女何妨便姓西。

暗中盖也有一点故意在和陈先生捣乱的意思。

玩苎萝山回来，十一点左右上杭江路客车，下午三点前，过义乌。车路两旁的青山沃野，原美丽得不可以言喻，就是在义乌的一段，夕阳返照，红叶如花，农民驾着黄牛在耕种的一种风情，也很含有着牧歌式的画意；倚窗呆望，拥鼻微吟，我就哼出了这样的二十八字：

　　骆丞草檄气堂堂，杀敌宗爷更激昂。

　　别有风怀忘不得，夕阳红树照乌伤。

　　骆宾王、宗泽，都是义乌人。而义乌金华一带系古乌伤地，是由秦孝子颜乌的传说而来的地名。

　　下午三点过，到金华，在金华双溪旁旅馆内宿，访旧友数辈，明日约共去北山。

金华　北山

　　十一月十二日，星期日，晴。

　　金华的地势，实在好不过。从浙江来说，它差不多是坐落在中央的样子。山脉哩，东面是东阳义乌的大盆山的余波，为东山区域；南接处州，万山重叠，统名南山；西面因有衢港钱塘江的水流密布，所以地势略低，金华江蜿蜒西行，合于兰溪，为金华的唯一出口，从前铁道未设的时候，兰溪就是七省通商的中心大埠。北面一道屏障，自东阳大盆山而来，绵亘三百余里，雄镇北郊，遥接着全城的烟火，就是所谓金华山的北山山脉了。

北山的名字，早就在我的脑里萦绕得很熟，尤其是当读《宋学师承》及《学案》诸书的时候，遥想北山的幽景，料它一定是能合我们这些不通世故的蠹书虫口味的。所以一到金华，就去访北山整理委员会的诸公，约好于今日侵晨出发；绳索、汽油灯、火炬、电筒、食品之类，统托中国旅行社的姜先生代为办好，今早出迎恩门北去的时候，七点钟还没有敲过。

北山南面的支峰距城只二十里左右，北面山脚，大约总在七八十里以外了；我们一出北郊，腰际被晓烟缠绕着的北山诸顶，就劈面迎来，似在监视我们的行动。芙蓉峰尖若锥矢，插在我们与北山之间，据说是县治的主脉。十里至罗店，是介在金华与北山正中的一大村落。居民于耕植之外，更喜莳花养鹿，半当趣味，半充营业，实在是一种极有风趣的生涯。花多珠兰、茉莉、建兰，亦栽佛手；据村中人说，这些植物，非种入罗店之泥不长，非灌以双龙之泉不发，佛手树移至别处，就变作一拳，指爪不分了。

自罗店至北山，还有十里，渐入山区，且时时与自双龙洞流出的溪水并行，路虽则崎岖不平，但风景却同嚼蔗近根时一样，渐渐地加上了甜味。到华溪桥，就已经入了山口，右手一峰，于竹叶枫林之内，时露着白墙黑瓦，山顶上还有人家。导游者北山整理委员黄君志雄，指示着说："这就是白望峰，东下是鹿田，相传宋玉女在这近边耕稼，畜鹿，能入城市贸易，村民邀而杀之，鹿遂不返，玉女登峰白望，因有此名，玉女之坟，现在还在。"

这真是多么美丽的传说啊！一个如花的少女，一只驯良的花鹿，衔命入城，登峰遥望，天色晚了，鹿不回来，一声声的愁叹，一点点的泪痕，最后就是一个抑郁含悲的死！

过白望峰后，路愈来愈窄，亦愈往上斜，一面就是万丈的深溪，有几处泡沫飞溅，像六月里的冰花；溪里面的石块，也奇形怪状，圆滑的圆滑，扁平的扁平，我想若把它们搬到了城里，则大的可以镶嵌做屏风装饰，小的也可以做做小孩的玩物。可是附近的居民，于见惯之后，倒也并不以为稀奇了。沿溪入山，走了一二里的光景，就遇着了一块平地，正当溪的曲处；立在这一块地上，东西北三面的北山苍翠，自然是接在眉睫之间，向南远眺，且可以看见南山的一排青影，北山整理委员会的在此建佛寿亭，识见也真不错，只亭未落成，不能在亭上稍事休息，却是恨事。从这里再往前进，山路愈窄亦愈曲，不及二里，就到了洞口的小村，双龙洞离这村子，只有百余步路了，我们总算已经到了我们的目的地。

北山长三百余里，东西里外数十余峰，溪涧、池泉、瀑布、山洞，不计其数；但为一般人所称道，凡游客所必至，与夫北山整理委员第一着手整理之处，就是道书所说的"第三十六洞天"的朝真、冰壶、双龙的山洞。三洞之中，朝真最大，亦最高，洞系往上斜者，非用梯子不能穷其底，中为冰壶，下为双龙。

我们到双龙洞，已将十一点钟。外洞高二十余丈，广深各十余丈，洞口极大，有东西两口，所以洞内光线明亮，同在屋外一样。整理委员会正在动工修理，并在洞旁建造金华观，洞中变成了作场的样子；看了些碑文、石刻之后，只觉得有点伟大而已，另外倒也说不出什么的奇特。洞中间，有一道清泉流出，岁旱不涸，就是所谓双龙泉水，溯泉而进，是内洞了。

原来这一条泉水，初看似乎是从地底涌出来似的，水量极大；再仔细一看，则泉上有一块绝大的平底岩石覆在那里，离水面只数寸而已。用了一只浴盆似的小木船，人直躺在船底，请工人用绳索从盆水中岩石底推挽过去，岩石几乎要擦伤鼻子，推进一二丈路，岩石尽，而大洞来了，洞内黑到了能见夜光表的文字，这就是里洞。

里洞高大和外洞差仿不多，四壁琳琅，都是钟乳岩石，点上汽油灯一照，洞顶有一条青色一条黄色的岩纹突起，绝像平常画上的龙，龙头龙爪龙身，和画丝毫不爽，青龙自东北飞舞过来，黄龙自西北蜿蜒而至。向西钻过由钟乳石结成的一道屏壁间的小门，内进曲折，有一里多深；两旁石壁，青白黄色的都有，形状也歪斜叠皱，有像象身的，有像狮子的，有像凤尾的，有像千缕万线的女人的百褶裙的，更有一块大石像乌龟的，导游的黄君，一一都告诉我了些名字，可惜现在记不清了。这里洞内一里多深的路，宽广处有三五丈，狭的地方也有一二丈。沿外壁是一条溪泉，水声淙淙，似在奏乐，更至一处离地三尺多高的小岩穴旁，泉水直泻出来，形成了一个盆景里的小瀑布。洞的底里，有一处又高又圆方的石室，上视室顶，像一个钟乳石的华盖，华盖中央，下垂着一个球样的皱纹岩。

这里洞的两壁，唐宋人的题名石刻很多，我所见到的，以庆历四年的刻石为最古。石室内的岩上，且有明万历年间游人用墨写的"卧云"两字题在那里，墨色鲜艳，大家都疑它是伪填年月的，但因洞内空气不流通，不至于风化，或者是真的也很难说。清人题壁，则自乾隆以后，绝对没有了，盖因这里洞，自那时候起，为泥沙淤塞了的缘故。这一次旧洞新辟，我们得追徐霞客之踪，而来此游览者，完全要感谢北山整理委员会各委员的苦心经营，而黄委员志雄的不辞劳瘁，率先入洞，致有今日，功尤不小。

在洞里玩了一个多钟头，拓了二张庆历四年的题名石刻，就出来在外洞中吃午饭；饭后更上山，走了二三百步，就到了中洞的冰壶洞口。

冰壶洞，口极小，俯首下视，只在黑暗中看得出一条下斜的绝壁和乱石泥沙。弓身从洞口爬入，以长绳系住腰际，滑跌着前行，则愈下愈难走，洞也愈来得高大。

前行五六十步，就在黑暗中听得出水声了，再下去三四十步，脸上就感得到点点的飞沫。再下降前进三五十步，洞身忽然变得极高极大，飞瀑的声音，振动得耳膜都要发痒。瀑布约高十丈左右，悬空从洞顶直下，瀑身下广，瀑布下也无深潭，也无积水，所以人可以在瀑布的四周围行走。走到瀑布的背后，旋转身来，透过瀑布，向上向外一望，则洞口的外光，正射着瀑布，像一条水晶的帘子，这实在是天下的奇观，可惜下洞的路不便，来游者都不能到底，一看这水晶帘的绝景。

总之冰壶洞像一只平常吃淡芭菇[1]的烟斗，口小而下大。在底下装烟的烟斗正中，又悬空来了一条不靠石壁流下的瀑布。人在大烟斗中走上瀑布背后，就可以看见烟嘴口的外光。瀑布冲下，水全被沙石吸去，从沙石中下降，这水就流出下面的双龙洞底，成为双龙泉水的水源。

因为在冰壶洞里跌得全身都是烂泥沙渍，并且脚力也不继了，所以最上面的朝真洞没有去成。据说三洞之

---

1. 烟草，系西班牙语 tobaco 音译。

中，以朝真洞为最大，但系一层一层往上进的，所以没有梯子，也难去得。我想山的奇伟处，经过了冰壶双龙的两洞，也总约略可以说说了，舍朝真而不去，也并没有什么大的遗憾。

在北山回来的路上，我们又折向了东，上芙蓉峰西的凤凰山智者寺去看了一回陆放翁写的《重修智者广福禅寺碑记》。碑面风化，字迹已经有一大半剥落，唯碑后所刻的陆务观致智者玭公禅师手牍，还有几块，尚辨认得清。寺的衰颓坍毁，和徐霞客在《游记》里所说的情形一样；三百年来，这寺可又经过了一度沧桑了。

北山的古迹名区，我们只看了十分之一，单就这十分之一来说，可已经是奇特得不得了了；但愿得天下泰平，身体康健，北山整理会诸公工作奋进，则每岁春秋佳日，当再约伴重来，可以一尽鹿田、盘泉、讲堂洞、罗汉洞、卧羊山、赤松山、洞箬山、白兰山诸地的胜概。

兰溪　横山

十一月十三日，星期一，晴快。

昨晚因游北山倦了，所以早睡，半夜梦醒，觉得是身睡在山洞的中间，就此一点，也可以证明山洞给我的印象的深刻。

晨起匆匆整装，上车站坐轨道汽车去兰溪。走了个把钟头，车只是在沿了北山前进，盖金华山的西头，要到兰溪才尽，而东头的金华山，则已于前日自诸暨来金华时火车绕过。此次南来，总算绕了金华山一匝，虽然事极平常，但由我这初次到浙东来游的野人看来，却也可以像小孩子似的向人夸说了。

在兰溪吃过午饭，就出西门江边，雇了一只小船，划上隔江西南面的横山兰阴寺去。

这横山并不高，也不长，状似棱形，从东面兰溪市上看来，一点儿也没有什么可取，但身到了此山，在东头灵源庙前上船，绕过南面一条沿江的山道，到兰阴寺前的小峰上去一望，就觉得风景的清幽潇洒，断不是富春江的只有点儿高远深静的山容水貌所能比得上的了。先让我来说明一下这横山的地势，然后再来说它的好处。

衢港远自南来，至兰溪而一折，这横山的石岩，就凭空突起，挡住了衢港的冲。东面呢，又是一条金华江水，迤逦西倾，到了兰溪南面，绕过县城，就和衢港接成了一个天然的直角。两水合并，流向北去，就是兰溪江，建德江，再合徽港，东北流去成了富春钱塘的大江。所以横山一朵，就矗立在三江合流的要冲，三面的远山，脚下的清溪，东南面隔江的红叶，与正东稍北兰溪市上的人家，无不一一收在眼底，像是挂在四面用玻璃造成的屋外的水彩画幅。更有水彩画所画不出来的妙处哩，你且看看那些青天碧水之中，时时在移动上下的一面一面的如同白鹅似的帆影，彩色电影里的外景影片，究竟有哪一张能够比得上这里？还有一层好处，是这横山去兰溪市并不很远。以路来讲，大约只不过三五里路的间隔，以到此地来游的时间来说，则只须有两个钟头，就可以把兰溪的全市及附近的胜景，霎时游望尽了。

横山上有一个灵源庙，在东头山脚，前面已经说过了，朝南的山腰里，还有一个兰阴寺，说是正德皇帝到过的地方，现在寺前石壁里，还有正德御笔的"兰阴深处"四个大字刻在那里；寺上面一层，是一个观音阁，说是尼姑的庵；最上是山顶，一个钟楼，还没有建造成功哩。

大抵的，游客总由杭江路而至兰溪，在兰溪一宿，看看花船，第二天就匆匆就道，去建德、桐庐，领略富春江的山水，对于这近在目前的横山，总只隔江一望，弃而不顾，实在是一件大可惋惜的事情。大约横山因外貌不佳，所以不能引人入胜，"蓬门未识绮罗香"，贫女之叹，在山水中间也是一样。

晚上有人请客，在三角洲边，江山船上吃晚饭。兰溪人应酬，大抵在船上，与在菜馆里请客比较起来，价并不贵，而菜味反好，所以江边花事，会历久不衰，从前在建德、桐庐、富阳、闻家堰一带，直至杭州，各埠都有花舫，现在则只剩得兰溪、衢州的几处了，九姓渔船，将来大约要断绝生路。

兰溪　洞源

十一月十四日，星期二，晴朗。

去兰溪东面的洞源山游。

出兰溪城，东绕大云山脚，沿路轧落北，十里过杨清桥，遵溪向北向东，五里至山口，三里至洞源山之栖真寺。寺是一个前朝的古刹，下有赵太史读书处，书堂后面有一方泉水，名天池，寺右侧，直立着一块岩石，名飞来峰，这些都还平常；洞源山的出名，也是和北山一样，系以洞著的。

这山当然是北山的余脉，山石也都是和北山一系的石灰水成岩，所以洞窟特别的多。寺前山下石灰窑边上，有涌雪洞，泉水溢出，激石成沫，状似涌雪，也是一个奇观，但我们因领路者不在，没有到。

寺后秃山丛里，有呵呵洞，因洞中有瀑布，呵呵作响，故名。再上山二里，有无底洞，是走不到底的。更西去里余，为白云洞。

我们因为在北山已经见识过山洞的奇伟了，所以各洞都没有进去，只进了一个在山的最高处的白云洞。白云洞洞口并不小，但因有一块大石横覆在口上，所以看去似乎小了，这石的面积，大约有三四丈长，一二丈宽，斜覆在洞口的正中，绝似一只还巢的飞燕。进洞行数十步，路就曲折了起来，非用火炬照着不能前进，略斜向下，到底也有里把路深。洞身并不广，最宽的地方，不过两三丈而已，但因洞身之窄，所以仰起头来看看洞顶，觉得特别的高，毛约约，大约可有二三十丈。洞顶洞壁，都是白色的钟乳层，中间每嵌有一块一块的化石。钟乳层纹，一套一套像云也像烟，所以有白云洞的名称。这洞虽比不上北山三洞的规模浩大，但形势却也不同，在兰溪多住了一天，看了这一个洞，算来也还值得。

栖真寺后殿，有藏经楼，中藏有明代《大藏经》半部，纸色装潢全好如新，还有半部，则在太平天国的时候毁去了。大殿的佛座下，嵌有明代诸贤的题诗石碣，叶向高的诗碣数方，我们自己用了半日的工夫，把它拓了下来。

饭后向寺廊下一走，殿外壁上看见了傅增湘先生的朱笔题字数行，更向壁间看了许多近人的题咏，自己的想附名胜以传不朽的卑劣心也起来了，因而就把昨夜在兰溪作的一个臭屁，也放上了墙头：

红叶清溪水急流，兰江风物最宜秋。

月明洲畔琵琶响，绝似浔阳夜泊舟。

放的时候，本来是有两个，另一个为：

阿奴生小爱梳妆，屋住兰舟梦亦香。

望煞江郎三片石，九姑东去不还乡。

闻江山的江郎山，有三片千丈的大石，直立山巅，相传是江郎兄弟三人入山成仙后所化。花船统名江山船，而世上又只传有望夫石，绝未闻有望妻者，我把这两个故事拉在一处，编成小调，自家也还觉得可以成一个小玩意儿，但与栖真寺的墙壁太无关了，所以不写上去。

龙游 小南海

十一月十五日，星期三，仍晴。

晨起出旅馆上兰溪东城的大云山揽胜亭去跑了一圈。山上山下有两个塔，上塔在仓圣庙前，下塔在江边同仁寺里。南面下山就是兰溪的义渡，过江上马公嘴去的，自兰溪去龙游的公共汽车站，就在江的南岸。

午前十点钟上汽车去龙游（按当日我系由兰溪绕道至龙游，所以坐的是公共汽车；如果由杭州前往，可乘火车直达，不必再换汽车），正午到，在旅馆中吃午饭后就上城北五里路远的小南海去瞻望竹林禅寺。寺在凤凰山上，俗呼童檀山，下有茶圩村，隔灉水和东岸的观音前村相对。灉水西溪和龙游江的上游诸水，盘旋会合在这凤凰山下，所以沿水岸再向北一二里路，到一突出的岩头上（大约是灉波亭的旧址）去向南远望，就可以看得出衢州的千岩万壑，和近乡的烟树溪流，这又是一幅王摩诘的山水横额。溪中岩石很多，突出在水底，了了可见，所以水上时有灉纹，两岸的白沙青树，倒影水中，和灉纹交互一织，又像是吴绫蜀锦上的纵横绣迹。小南海的气概并不大，竹林禅院的历史也并不古（是光绪二十七年辛丑僧妙寿所建，新旧《龙游县志》都不载），但纤丽的地方，却有点像六朝人的小品文字。

明汤显祖过凤凰山，有一首诗，载在《县志》上：

系舟犹在凤凰山，千里西江此日还。

今夜销魂在何处，玉岑东下一重湾。

我也在这貂后续上了一截狗尾：

灉水矶头半日游，乱山高下望衢州。

西江两岸沙如雪，词客东来一系舟。

题目是《凤凰山怀汤显祖》。

夜在龙游宿，并且还上城隍庙去看了半夜为募捐而演的戏。龙游地方银行的吴姜诸公，约于明日中午去吃龙游的土菜，所以三叠岩、乌石山等远处，是不能去了。

方岩纪静

　　方岩在永康县东北五十里，自金华至永康的百余里，有公共汽车可坐，从永康至方岩就非坐轿或步行不可，我们去的那天，因为天阴欲雨，所以在永康下公共汽车后就都坐了轿子，向东前进。十五里过金山村，又十五里到芝英，是一大镇，居民约有千户，多应姓者，停轿少息，雨愈下愈大了，就买了些油纸之类，作防雨具。再行十余里，两旁就有起山来了，峰岩奇特，老树纵横，在微雨里望去，形状不一，轿夫一一指示说：这是公婆岩，那是老虎岩……老鼠梯等等，说了一大串，又数里，就到了岩下街，已经是在方岩的脚下了。

　　凡到过金华的人，总该有这样的一个经验，在旅馆里住下后，每会有些着青布长衫、文质彬彬的乡下先生，来盘问你：是否去方岩烧香的？这是第几次来进香了？从前住过哪一家？你若回答他说是第一次去方岩，那他就会拿出一张名片来，请你上方岩去后，到这一家去住宿。这些都是岩下街的房头，像旅店而又略异的接客者，远在数百里外，就有这些派出代理人来兜揽生意，一则也可以想见一年到头方岩香市之盛，一则也可以推想岩下街四五百家人家，竞争的激烈。

岩下街的所谓房头，经营旅店业而专靠胡公庙吃饭者，总有三五千人，大半系程应二姓，文风极盛，财产也各可观，房子都系三层楼。大抵的情形，下层系建筑在谷里，中层沿街，上层为楼，房间一家总有三五十间，香市盛的时候，听说每家都患人满。香客之自绍兴、处州、杭州及近县来者，为数固已不少，最远者，且有自福建来的。

从岩下街起，曲折再行三五里，就上山；山上的石级是数不清的，密而且峻，盘旋环绕，要走一个钟头，才走得到胡公庙的峰门。

胡公名则，字子正，永康人，宋兵部侍郎，尝奏免衢婺二州民丁钱，所以百姓感德，立庙祀之。胡公少时，曾在方岩读过书，故而庙在方岩者为老牌真货。且时显灵异，最著的，有下列数则：

宋徽宗时，寇略永康，乡民避寇于方岩，岩有千人坑，大藤悬挂，寇至缘藤而上，忽见赤蛇啮藤断，寇都坠死。

盗起清溪，盘踞方岩，首魁夜梦神饮马于岩之池，平明池涸，其徒惊溃。

洪杨事起，近乡近村多遭劫，独方岩得无恙。

民国三年，嵊县乡民慕胡公之灵异，造庙祀之，乘昏夜来方岩盗胡公头去，欲以之造像，公梦示知事及近乡农民，属捉盗神像头者，盗尽就逮。是年冬间嵊县一乡大火，凡预闻盗公头者皆烧失。翌年八月该乡民又有二人来进香，各毙于路上。

类似这样的奇迹灵异，还数不胜数，所以一年四季，方岩香火不绝，而尤以春秋为盛，朝山进香者，络绎于四方数百里的途上。金华人之远旅他乡者，各就其地建胡公庙以祀公，虽然说是迷信，但感化威力的广大，实在也出乎我们的意料之外，这是就方岩的盛名所以能远播各地的一近因而说的话，至于我们的不远千里，必欲至方岩一看的原因，却在它的山水的幽静灵秀，完全与别种山峰不同。

方岩附近的山，都是绝壁陡起，高二三百丈，面积周围三五里至六七里不等。而峰顶与峰脚，面积无大差异，形状或方或圆，绝似硕大的撑天圆柱。峰岩顶上，又都是平地，林木丛丛，簇生如发。峰的腰际，只是一层一层的沙石岩壁，可望而不可登。间有瀑布奔流，奇树突现，自朝至暮，因日光风雨之移易，形状景象也千变万化，捉摸不定。山之伟观，到此大约是可以说得已臻极顶了吧？

从前看中国画里的奇岩绝壁，皴法皱叠，苍劲雄伟到不可思议的地步，现在到了方岩，向各山略一举目，才知道南宗北派的画山点石，都还有未到之处。在学校里初学英文的时候，读到那一位美国清教作家霍桑的《大石面》一篇短篇，颇生异想，身到方岩，方知年幼时的少见多怪，像那篇小说里所写的大石面，在这附近真不知有多多少少。我不曾到过埃及，不知沙漠中的 Sphinx[1] 比起这些岩面来，又该是谁兄谁弟。尤其是天造地设，清幽岑寂到令人毛发悚然的一区境界，是方岩北面相去约二三里地的寿山下五峰书院所在的地方。

北面数峰，远近环拱，至西面而南偏，绝壁千丈，成了一条上突下缩的倒覆危墙。危墙腰下，离地约二三丈的地方，墙脚忽而不见，形成大洞，似巨怪之张口，口腔上下，都是石壁，五峰书院、丽泽祠、学易斋，就建筑在这巨口的上下颚之间，不施椽瓦，而风雨莫及，冬暖夏凉，而红尘不到。更奇峭者，就是这绝壁的忽而向东南的一折，递进而突起了固厚、瀑布、桃花、覆釜、鸡鸣的五个奇峰，峰峰都高大似方岩，而形状颜色，各不相同。立在五峰书院的楼上，只听得见四围飞瀑的清音，仰视天小，鸟飞不渡，对视五峰，青紫无言，向东展望，略见白云远树，浮漾在楔形阔处的空中，一种幽静、清新、伟大的感觉，自然而然地袭向人来；朱晦翁、

---

1. 狮身人面像。

吕东莱、陈龙川诸道学先生的必择此地来讲学，以及一般宋儒的每喜利用山洞或风景幽丽的地方做讲堂，推其本意，大约总也在想借了自然的威力来压制人欲的缘故；不看金华的山水，这种宋儒的苦心是猜不出来的。

初到方岩的一天，就在微雨里游尽了这五峰书院的周围，与胡公庙的全部。庙在岩顶，规模颇大，前前后后，也有两条街，许多房头，在蒙胡公的福荫；一人成佛，鸡犬都仙，原是中国的旧例。胡公神像，是一位赤面长须的柔和长者，前殿后殿，各有一尊，相貌装饰，两都一样，大约一尊是预备着于出会时用的。我们去的那日，大约刚逢着了废历的十月初一，庙中前殿戏台上在演社戏敬神。台前簇拥着许多老幼男女，各流着些被感动了的随喜之泪，而戏中的情节说辞，我们竟一点儿也不懂，问问立在我们身旁的一位像本地出身、能说普通话的中老绅士，方知戏班是本地班，所演的为《杀狗劝妻》一类的孝义杂剧。

从胡公庙下山，回到了宿处的程××店中，则客堂上早已经点起了两大支红烛，摆上了许多大肉大鸡的酒菜，在候我们吃晚饭了；菜蔬丰盛到了极点，但无鱼少海味，所以味也不甚适口。

第二天破晓起来，仍坐原轿绕灵岩的福善寺回永康，路上的风景，也很清异。

第一，灵岩也系同方岩一样的一座突起的奇峰，峰的半空，有一穿心大洞，长约二三十丈，广可五六丈左右，所谓福善寺者，就系建筑在这大山洞里的。我们由东首上山进洞的后面，通过一条从洞里隔出来的长巷，出南面洞口而至寺内，居然也有天王殿、韦驮殿、观音堂等设置，山洞的大，也可想见了。南面四山环抱，红叶青枝，照耀得可爱之至；因为天晴了，所以空气澄鲜，一道下山去的曲折石级，自上面瞭望下去，更觉得幽深到不能见底。

下灵岩后，向西北绕道回去，一路上尽是些低昂的山岭与旋绕的清溪。经过园内有两株数百年古柏的周氏祠庙，将至俗名耳朵岭的五木岭口的中间，一段溪光山影，景色真像是在画里；西南处州各地的远山，呼之欲来，回头四望，清入肺腑。

过五木岭，就是一大平原，北山隐隐，已经看得见横空的一线，十五里到永康，坐公共汽车回金华，还是午后三四点钟的光景。

烂柯纪梦

晋王质，伐木至石室中，见童子四人弹琴而歌，质因倚柯听之。童子以一物如枣核与质，质含之便不复饥。俄顷，童子曰："其归！"承声而去，斧柯摧然烂尽。既归，质去家已数十年，亲情凋落，无复向时比矣。

这传说，小时候就听到了，大约总是喜欢念佛的老祖母讲给我们孩子们听的神仙故事。和这故事联合在一起的，还有一张习字的时候用的方格红字，叫作"王子去求仙，丹成入九天，山中方七日，世上已千年"。我之所以要把这些儿时的记忆重新唤起的原因，不过想说一句这故事的普遍流传而已。是以樵子入山，看神仙对弈，斧柯烂尽的事情，各处深山里都可以插得进去，也真怪不得中国各地，有烂柯的遗迹至十余处之多了。但衢州的烂柯山，却是道书上所说的"青霞第八洞天"，亦名"景华洞天"的所在，是大家所公认的这烂柯故事的发源本土，也是从金华来衢州游历的人非到不可的地方，故而到衢州的翌日，我们就出发去游柯山（衢州人叫烂柯山都只称柯山）。

十月阳和，本来就是小春的天气，可是我们到烂柯山的那天，觉得比平时的十月，还更加和暖了几分。所以从衢州的小南门出来，打桑树、柏树很多的野田里经过，一路上看山看水，走了十六七里路后，在仙寿亭前渡沙步溪，一直到了石桥寺即宝岩寺的脚下，向寺后山上一个通天的大洞看了一眼的时候，方才同从梦里醒转来的人一样，整了一整精神。烂柯山的这一根石梁，实在是伟大，实在是奇怪。

出衢州的南门的时候，眼面前只看得出一排隐隐的青山而已；南门外的桑麻野道，野道旁的池沼清溪，以及牛羊村集，草舍蔗田，风景虽则清丽，但也并不觉得特别的好。可是在仙寿亭前过渡的瞬间，一看那一条澄清澈底的同大江般的溪水，心里已经有点发痒似的想叫起来了，殊不知入山三里，在青葱环绕着的极深奥的区中，更来了这巨人撑足直立似的一个大洞；立在山下，远远望去，就可以从这巨人的胯下，看出后面的一湾碧绿碧绿的青天，云烟缥缈，山意悠闲，清通灵秀，只觉得是身到了别一个天地；一个在城市里住久的俗人，忽入此境，哪能够叫他不目瞪口呆，暗暗里要想到成仙成佛的事情上去呢？

石桥寺，即宝岩寺，在烂柯山的南麓，虽说是梁时创建的古刹，但建筑却已经损毁得不得了了。寺后上山，踏石级走里把路，就可以到那条石梁或石桥的洞下；洞高二十多丈，宽三十余丈，南北的深约三五丈，真像是悬空从山间凿出来的一条石桥，不过平常的桥梁，绝没有这样高大的桥洞而已。石桥的上面，仍旧是层层的岩石，洞上一层，也有中空的一条石缝，爬上去俯身一看，是可以看得出天来的，所谓一线天者，就系指这一条小缝而言。再上去，是石桥的顶上，平坦可以建屋，从前有一个塔，造在这最高峰上，现在却只能看出一堆高高突起的瓦砾，塔是早已倾圮尽了。

石桥下南洞口，有一块圆形岩石蹲伏在那里，石的右旁的一个八角亭，就是所谓迟日亭。这亭的高度，总也有三五丈的样子，但你若跑上北面离柯山略远的小山顶上，去瞭望过来，只觉得是一堆小小的木堆，塞在洞的旁边。石桥洞底壁上，右手刻着明郡守杨子臣写的"烂柯仙洞"四个大字，左手刻着明郡守李遂写的"天生石梁"

四个大字，此外还有许多小字的题名记载的石刻，都因为沙石岩容易风化的缘故，已经剥落得看不清楚了。石桥洞下，有十余块断碑残碣，纵横堆叠在那里。三块宋碑的断片，字迹飞舞雄伟，比黄山谷更加有劲。可惜中国人变乱太多，私心太重，这些旧迹名碑，都已经断残缺裂到了不可收拾的地步。《烂柯山志》编者，在金石部下有一段记事说：

　　名碑古物之毁于兵燹，宜也；但烂柯山之金石，不幸竟三次被毁于文人，岂非怪事？所谓文人的毁碑，有两次是因建寺而将这些石碑抬了去填过屋基，有一次系一不知姓名者来寺拓碑，拓后便私自将那些较古的碑石凿断敲裂，使后人不复有再见一次的机会。

　　烂柯山南麓，在上山去的石级旁边，还有许多翁仲石马，乱倒在荒榛蔓草之中。翻《烂柯山志》一查，才知道明四川巡抚徐忠烈公，葬在此地，俗称徐天官墓者，就是此处。
　　在柯山寺的前前后后，赏玩了两三个钟头，更在寺里吃了一顿午饭，我们就又在暖日之下，和做梦似的回到了衢州，因为衢州城里还有几处地方，非去看一下不可。

一是在豆腐铺作场后面的那座天王塔。

二是城东北隅吴征虏将军郑公舍宅而建的那个古刹祥符寺。

三是孔子家庙，及庙内所藏的子贡手刻的楷木孔子及夫人丌官氏像。

这三处当然是以孔庙和楷木孔子像最为一般人所知道，数千年来的国宝，实在是不容易见到的稀世奇珍。

陪我们去孔庙的，是三衢医院的院长孔熊瑞先生，系孔子第七十三代的裔孙。楷木像藏在孔庙西首的一间楼上，像各高尺余，孔子的是朝服执圭的一个坐像，丌官夫人的也是一样的一个，但手中无圭。两像颜色苍黑，刻画遒劲，绝不是近代人的刀势。据孔先生告诉我们的话，则这两像素来就说是出于端木子贡之手刻，宋南渡时由衍圣公孔端友抱负来衢，供在家庙的思鲁阁上，即以来衢州后的年限来说，也已经有八九百年的历史了。孔子像的面貌，同一般的画像并不相同，两眼及鼻子很大，颧骨不十分高，须分三挂，下垂及拱起的手际，耳朵也比常人大一点儿。孔子的一个圭,一挂须,及一只耳朵,已经损坏了,现在的系后人补刻嵌入的,刀法和刻纹,与原刻的一比,显见得后人的笔势来得软弱。

孔庙正中殿上,尚有孔子塑像一尊,东西两庑各有迁衢始祖衍圣公孔端友等的塑像数尊,西首思鲁阁下,还有石刻吴道子画的孔子像碑一块,一座家庙,形式格局,完全是圣庙的大成至圣先师之殿。我虽则还不曾到过曲阜,但在这衢州的孔庙内巡视了一下,闭上眼睛,那座圣地的殿堂,仿佛也可以想象得出来了。

衢州西安门外,新河沿下的浮桥边,原也有江干的花市在的,但比到兰溪的江山船,要逊色得多,所以不纪。

仙霞纪险

从衢州南下,一路上迎送着的有不断的青山,更超过几条水色蓝碧的江身,经一大平原,过双塔地,到一区四山围抱的江城,就是江山县了。

江山是以三片石的江郎山出名的地方,南越仙霞关,直通闽粤,西去玉山,便是江西;所谓七省通衢,江山实在是第一个紧要的边境。世乱年荒，这江山县人民的提心吊胆，打草惊蛇的状况，也可以想见的了，我们南来，也不过想见识见识仙霞关的险峻，至于采风访俗，玩水游山，在这一个年头，却是不许轻易去尝试的雅事，所以到江山的第一日一早，我们就呕呕地雇了一辆汽车，驰往仙霞关去。

在南门外的汽车站上车，三里就到俗名东岳山，有一块老虎岩，并一座明嘉靖年间建置的塔的景星山下；南行二十里，遥遥望得见冲天的三块巨岩江郎山，或合或离，在东面的群山中跳跃；再去是淤头，是峡口，是仙霞岭的区域了，去江山虽有八九十里路程，但汽车走走，也只走了两三个钟头的样子。

仙霞岭的面貌，实在是雄奇伟大得很！老远看来，就是那么高那么大的这排百里来长的仙霞山脉，近来一看，更觉得是不见天日了。东西南的三面，湾里有湾，山上有山；奇峰怪石，老树长藤，不计其数；而最曲折不尽，令人方向都分辨不出来的，是新从关外二十八都筑起，沿龙溪化龙溪两支深山中的大水而行的那条通江山的汽车公路。

五步一转弯，三步一上岭，一面是流泉涡旋的深坑万丈，一面又是鸟飞不到的绝壁千寻。转一个弯，变一番景色，上一条岭，辟一个天地，上上下下，去去回回，我们在仙霞山中，龙溪岸上，自北去南，因为要绕过仙霞关去，汽车足足走了有一个多钟头的山路。山的高，水的深，与夫弯的多，路的险，不折不扣地说将出来，比杭州的九溪十八涧，起码总要超过三百多倍。要看山水的曲折，要试车路的崎岖，要将性命和运命去拼拼，想尝一尝生死关头千钧一发的冒险异味的人，仙霞岭不可不到，尤其是从仙霞关北麓绕路出关，上关南二十八都去的这一条新辟的汽车公路不可不去一走。车到关南，行经小竿岭的那个隘口，近瞰二十八都谷底里的人家，远望浦城枫岭诸峰的青影的时候，我真感到了一种一则以喜一则以惧的说不出的心理，喜的是关后许多险隘，已经被我走过了，惧的是直望山脚的目的地二十八都，虽然是只离开了一程抛石的空间，但山坡陡削，直冲下去，总也还有二三千尺的高度。这时候回头看看仙霞关，一条石级铺得像蛇腹似的曩时的鸟道，却早已高高隐没在云雾与树木的中间了。

从小竿岭的隘口下来，盘旋回绕，再走了三四十分钟，到仙霞关外第一口的二十八都去一看，忽然间大家的身上又起了一层鸡皮的细粒。

太阳分明是高照在那里，天色当然是苍苍的，高大的人家的住屋，也一层一层地排列着在，但是人哩，活得生动着的人哩，人都到哪里去了呢？许许多多的很整齐的人家，窗户都是掩着的，门却是半开半闭，或者竟全无地空空洞洞同死鲈鱼的口嘴似的张开在那里。踏进去一看，地下只散乱铺着有许多稻草。脚步声在空屋里反射出来的那一种响声，自己听了也要害怕。忽而索落落屋角的黑暗处稻草一动，偶尔也会立起一个人来，但只光着眼睛，向你上下一打量，他就悄悄地避开了。你若追上去问他一句话呢，他只很勉强地站立下来，对你又是光着眼睛地一番打量，摇摇头，露一脸阴风惨惨的苦笑，就又走了，回话是一句也不说的。

我们照这样地搜寻空屋，搜寻了好几处，才找到了一所基干队驻扎在那里的处所。守卫的兵士，对我们起初当然也是很含有疑惧地一番打量，听了我们的许多说明之后，他才开口说："昨晚上又有谣言。居民是自从去年九月以来，早就搬走了。在这里要吃一顿饭，是很不容易，因为豆腐青菜都没有人做，但今天早晨，队长是已经接到了江山胡站长的信，饭大约总在预备了吧？"说了，就请我们上大厅去息息。我们看到了这一种情形，听到了那一番话，食欲早就被恐怖打倒了，所以道了一声队长万福，跳上车子，转身就走。

重回到小竿岭的那个隘口的时候，几刻钟前曾经盘问我们过，幸亏有了陈万里先生的那个徽章证明，才安然放我们过去的那位捧大刀的守卫兵，却笑着对我们说："你们就回去了么？"回来一过此口，已经入了安全地带，我们的胆子也大起来了，就在龙溪边上，一处叫做大坞的溪桥旁边下了车，打算爬上山去，亲眼去看一看那座也可以说是一夫当关，万夫莫开，宋史浩方把石路铺起来的仙霞关口。一面，叫空车子仍遵原路，绕到仙霞关北相去五里的保安村去等候我们，好让我们由关南上岭，关北下山，一路上看看风景。

据书上的记载，则仙霞岭高三百六十级，凡二十四曲，有五关，×十峰等等，我们因为是从半腰里上去的，所以所走的只是关门所在的那一段。

仙霞关，前前后后有四个关门。第二关的边上，将近顶边的地方，有一座新筑的碉楼在那里，据陪我们去游的胡站长说，江山近旁，共有碉楼四十余处，是新近才筑起来的，但汽车路一开，这些碉楼，这座雄关，将来怕都要变成些虚有其名的古迹了。

仙霞关内岭顶，有一座霞岭亭，亭旁住着一家人家，从前大约是守关官吏的住所，现在却只剩了一位老人，在那里卖茶给过路的行人。

北面出关，下岭里许，是一个关帝庙。规模很大，有观音阁，浣霞池亭等建筑，大约从前的闽浙官吏来往，总是在这庙内寄宿的无疑。现在东面浣霞池的亭上，还有许多周亮工的过关诗，以及清初诸名宦的唱和诗碣，嵌在石壁的中间。

在关帝庙里喝了一碗茶，买了些有名的仙霞关的绿茶茶叶，晚霞已经围住了山腰，我们的手上脸上都感觉得有点潮润起来了，大家就不约而同地叫了出来说："啊！原来这些就是仙霞！不到此地，可真不晓得这关名之妙喂！"

下岭过溪，走到溪旁的保安村里，坐上车子，再探头出来看了一眼曾经我们走过的山岭，这座东南的雄镇，却早已羞羞怯怯，躲入到一片白茫茫的仙霞怀里去了。

冰川纪秀

冰川是玉山东南门外环城的一条大溪，我们上玉山到这溪边的时候，因为杭江铁路车尚未通，是由江山坐汽车绕广丰，直驱了二三百里的长路，好容易才走到的。到了冰溪的南岸来一看，在衢州见了颜色两样的城墙时所感到的那种异样的紧张的空气，更是迫切了；走下了汽车，对手执大刀，在浮桥边检查行人的兵士们偷抛了几眼斜视，我们就只好决定不进城去，但在冰川旁边走走，马上再坐原车回去江山。

玉山城外是由这一条天生的城河冰溪环抱在那里的，东南半角却有着好几处雁翅似的浮桥。浮桥的脚上，手捧着明晃晃的大刀，肩负着黄苍苍的马枪，在那里检查入城证、良民证的兵士，看起来相貌都觉得是很可怕。

从冰川第一楼下绕过，沿堤走向东南，一块大空地，一个大森林，就是郭家洲了。武安山障在南边，普宁寺、鹤岭寺接在东首。单就这一角的风景来说，有山有水，还有水车、磨房、渔梁、石墈、水闸、长堤，凡中国画或水彩画里所用得着的各种点景的品物，都已经齐备了；在这样小的一个背景里，能具备着这么些秀丽的点缀品的地方，我觉得行尽了江浙的两地，也是很不多见的。而尤其是出乎我们的意料之外的，是郭家洲这一个三角洲上的那些树林的疏散的逸韵。

郭家洲，从前大约也是冰溪的流水所经过的地方，但时移势易，沧海现在竟变作了桑田了；那一排疏疏落落的杂树林，同外国古宫旧堡的画上所有的那样的那排大树，少算算，大约总也已经有了百数岁的年纪。

这一次在漫游浙东的途中，看见的山也真不少了，但每次总觉得有点美中不足的，是树木的稀少；不意一跨入了这江西的境界，就近在县城的旁边，居然竟能够看到了这一个自然形成的像公园似的大杂树林！

城里既然进不去，爬山又恐怕没有时间，并且离县城向西向北十来里地的境界，去走就有点儿危险，万不得已，自然只好横过郭家洲，上鹤岭寺山上的那一个北面的空亭，去遥望玉山的城市了。

玉山城里的人家，实在整洁得很。沿城河的一排住宅，窗明几净，倒影溪中，远看好像是威尼斯市里的通衢。太阳斜了，城里头起了炊烟，水上的微波，也渐渐地渐渐地带上了红影。西北的高山一带，有一个尖峰突起，活像是倒插的笔尖，大约是怀玉山了吧？

　　这一回沿杭江铁路西南直下，千里的游程，到玉山城外终止了。"冰为溪水玉为山！"坐上了向原路回来的汽车，我念着戴叔伦的这一句现成的诗句，觉得这一次旅行的煞尾，倒很有点儿像德国浪漫派诗人的小说。

一九三三年十二月稿

钓台的春昼

　　因为近在咫尺，以为什么时候要去就可以去，我们对于本乡本土的名区胜景，反而往往没有机会去玩，或不容易下一个决心去玩的。正唯其是如此，我对于富春江上的严陵，二十年来，心里虽每在记着，但脚却从没有向这一方面走过。一九三一，岁在辛未，暮春三月，春服未成，而中央党帝，似乎又想玩一个秦始皇所玩过的把戏了，我接到了警告，就仓皇离去了寓居。先在江浙附近的穷乡里游息了几天，偶尔看见了一家扫墓的行舟，乡愁一动，就定下了归计。绕了一个大弯，赶到故乡，却正好还在清明寒食的节前。和家人等去上了几处坟，与许久不曾见过面的亲戚朋友，来往热闹了几天，一种乡居的倦怠，忽而袭上心来了，于是乎我就决心上钓台去访一访严子陵的幽居。

钓台去桐庐县城二十余里，桐庐去富阳县治九十里不足，自富阳溯江而上，坐小火轮三小时可达桐庐，再上则须坐帆船了。

我去的那一天，记得是阴晴欲雨的养花天，并且系坐晚班轮去的，船到桐庐，已经是灯火微明的黄昏时候了，不得已就只得在码头近边的一家旅馆的高楼上借了一宵宿。

桐庐县城，大约有三里路长，三千多烟灶，一二万居民，地在富春江西北岸，从前是皖浙交通的要道，现在杭江铁路一开，似乎没有一二十年前的繁华热闹了。尤其要使旅客感到萧条的，却是桐君山脚下的那一队花船的失去了踪影。说起桐君山，原是桐庐县的一个接近城市的灵山胜地，山虽不高，但因有仙，自然是灵了。以形势来论，这桐君山，也的确是可以产生出许多口音生硬、别具风韵的桐严嫂来的生龙活脉，地处在桐溪东岸，正当桐溪和富春江合流之所，依依一水，西岸便瞰视着桐庐县市的人家烟树。南面对江，便是十里长洲；唐诗人方干的故居，就在这十里桐洲九里花的花田深处。向西越过桐庐县城，更遥遥对着一排高低不定的青峦，这就是富春山的山子山孙了。东北面山下，是一片桑麻沃地，有一条长蛇似的官道，隐而复现，出没盘曲在桃花杨柳洋槐榆树的中间，绕过一座小岭，便是富阳县的境界，大约去程明道的墓地程坟，总也不过一二十里地的间隔，我去拜谒桐君，瞻仰道观，就在那一天到桐庐的晚上，是淡云微月，正在作雨的时候。

鱼梁渡头，因为夜渡无人，渡船停在东岸的桐君山下。我从旅馆踱了出来，先在离轮埠不远的渡口停立了几分钟，后来向一位来渡口洗夜饭米的年轻少妇，躬身请问了一回，才得到了渡江的秘诀。她说："你只须高喊两三声，船自会来的。"先谢了她教我的好意，然后以两手围成了播音的喇叭，"喂，喂，渡船请摇过来！"地纵声一喊，果然在半江的黑影当中，船身摇动了。渐摇渐近，五分钟后，我在渡口，却终于听出了咿呀柔橹的声音。时间似乎已经入了酉时的下刻，小市里的群动，这时候都已经静息，自从渡口的那位少妇，在微茫的夜色里，藏去了她那张白团团的面影之后，我独立在江边，不知不觉心里头却兀自感到了一种他乡日暮的悲哀。渡船到岸，船头上起了几声微微的水浪清音，又铜东的一响，我早已跳上了船，渡船也已经掉过头来了。坐在黑沉沉的舱里，我起先只在静听着柔橹划水的声音，然后却在黑影里看出了一星船家在吸着的长烟管头上的烟火，最后因为沉默压迫不过，我只好开口说话了："船家！你这样的渡我过去，该给你几个船钱？"我问。"随你先生把几个就是。"船家说话冗慢幽长，似乎已经带着些睡意了，我就向袋里摸出了两角钱来。"这两角钱，就算是我的渡船钱，请你候我一会，上去烧一次夜香，我是依旧要渡过江来的。"船家的回答，只是嗯嗯唔唔，幽幽同牛叫似的一种鼻音，然而从继这鼻音而起的两三声轻快的喀声听来，他却已经在感到满足了，因为我也知道，乡间的义渡，船钱最多也不过是两三枚铜子而已。

到了桐君山下，在山影和树影交掩着的崎岖道上，我上岸走不上几步，就被一块乱石绊倒，滑跌了一次。船家似乎也动了恻隐之心了，一句话也不发，跑将上来，他却突然交给了我一盒火柴。我于感谢了一番他的盛意之后，重整步武，再摸上山去，先是必须点一支火柴走三五步路的，但到得半山，路既就了规律，而微云堆里的半规月色，也朦胧地现出一痕银线来了，所以手里还存着的半盒火柴，就被我藏入了袋里。路是从山的西北，盘曲而上，渐走渐高，半山一到，天也开朗了一点，桐庐县市上的灯光，也星星可数了。更纵目向河心望去，富春江两岸的船上和桐溪合流口停泊着的船尾船头，也看得出一点一点的火来。走过半山，桐君观里的晚祷钟鼓，似乎还没有息尽，耳朵里仿佛听见了几丝木鱼钲钹的残声。走上山顶，先在半途遇着了一道道观外围的女墙，这女墙的栅门，却已经掩上了。在栅门外徘徊了一刻，觉得已经到了此门而不进去，终于是不能满足我这一次暗夜冒险的好奇怪癖的。所以细想了几次，还是决心进去，非进去不可，轻轻用手往里面一推，栅门却呀的一声，早已退向了后方开开了，这门原来是虚掩在那里的。进了栅门，踏着为淡月所映照的石砌平路，向东向南地前走了五六十步，居然走到了道观的大门之外，这两扇朱红漆的大门，不消说是紧闭在那里的。到了此地，我却不想再破门进去了，因为这大门是朝南向着大江开的，门外头是一条一丈来宽的石砌步道，步道的一旁是道观的墙，一旁便是山坡，靠山坡的一面，并且还有一道二尺来高的石墙筑在那里，大约是代替栏杆，防人倾跌下山去的用意，石墙之上，铺的是二三尺宽的青石，在这似石栏又似石凳的墙上，尽可以坐卧游息，饱看桐江和对岸的风景，就是在这里坐他一晚，也很可以，我又何必去打开门来，惊起那些老道的噩梦呢？

空旷的天空里，流涨着的只是些灰白的云，云层缺处，原也看得出半角的天，和一点两点的星，但看起来最饶风趣的，却仍是欲藏还露，将见仍无的那半规月影。这时候江面上似乎起了风，云脚的迁移，更来得迅速了，而低头向江心一看，几多散乱着的船里的灯光，也忽明忽灭地变换了一变换位置。

这道观大门外的景色，真神奇极了。我当十几年前，在放浪的游程里，曾向瓜州京口一带，消磨过不少的时日，那时觉得果然名不虚传的，确是甘露寺外的江山，而现在到了桐庐，昏夜上这桐君山来一看，又觉得这江山的秀而且静，风景的整而不散，却非那天下第一江山的北固山所可与比拟的了。真也难怪得严子陵，难怪得戴征士，倘使我能在这样的地方结屋读书，颐养天年，那还要什么的高官厚禄，还要什么的浮名虚誉哩？一个人在这桐君观前的石凳上，看看山，看看水，看看城中的灯火和天上的星云，更做做浩无边际的无聊的幻梦，我竟忘记了时刻，忘记了自身，直等到隔江的击柝声传来，向西一看，忽而觉得城中的灯影微茫地灭了，才跑也似的走下了山来，渡江奔回了客舍。

第二日侵晨，觉得昨天在桐君观前做过的残梦正还没有续完的时候，窗外面忽而传来了一阵吹角的声音。好梦虽被打破，但因这同吹箪篥似的商音哀咽，却很含着些荒凉的古意，并且晓风残月，杨柳岸边，也正好候船待发，上严陵去；所以心里纵怀着了些儿怨恨，但脸上却只现出了一痕微笑，起来梳洗更衣，叫茶房去雇船去。雇好了一只双桨的渔舟，买就了些酒菜鱼米，就在旅馆前面的码头上上了船。轻轻向江心摇出去的时候，东方的云幕中间，已现出了几丝红晕，有八点多钟了，舟师急得厉害，只在埋怨旅馆的茶房，为什么昨晚不预先告诉，好早一点出发。因为此去就是七里滩头，无风七里，有风七十里，上钓台去玩一趟回来，路程虽则有限，但这几日风雨无常，说不定要走夜路，才回来得了的。

过了桐庐，江心狭窄，浅滩果然多起来了。路上遇着的来往的行舟，数目也是很少，因为早晨吹的角，就是往建德去的快班船的信号，快班船一开，来往于两埠之间的船就不十分多了。两岸全是青青的山，中间是一条清浅的水，有时候过一个沙洲，洲上的桃花菜花，还有许多不晓得名字的白色的花，正在喧闹着春暮，吸引着蜂蝶。我在船头上一口一口地喝着严东关的药酒，指东话西地问着船家，这是什么山？那是什么港？惊叹了半天，称颂了半天，人也觉得倦了，不晓得什么时候，身子却走上了一家水边的酒楼，在和数年不见的几位已经做了党官的朋友高谈阔论。谈论之余，还背诵了一首两三年前曾在同一的情形之下作成的歪诗：

不是尊前爱惜身，伴狂难免假成真。

曾因酒醉鞭名马，生怕情多累美人。

劫数东南天作孽，鸡鸣风雨海扬尘。

悲歌痛哭终何补，义士纷纷说帝秦。

直到盛筵将散，我酒也不想再喝了，和几位朋友闹得心里各自难堪，连对旁边坐着的两位陪酒的名花都不愿意开口。正在这上下不得的苦闷关头，船家却大声地叫了起来说："先生，罗芷过了，钓台就在前面，你醒醒吧，好上山去烧饭吃去。"擦擦眼睛，整了一整衣服，抬起头来一看，四面的水光山色又忽而变了样子了。清清的一条浅水，比前又窄了几分，四围的山包得格外的紧了，仿佛是前无去路的样子。并且山容峻峭，看去觉得格外的瘦格外的高。向天上地下四围看看，只寂寂地看不见一个人类。双桨的摇响，到此似乎也不敢放肆了，钩的一声过后，要好半天才来一个幽幽的回响，静，静，静，身边水上，山下岩头，只沉浸着太古的静，死灭的静，山峡里连飞鸟的影子也看不见半只。前面的所谓钓台山上，只看得见两个大石垒，一间歪斜的亭子，许多纵横芜杂的草木。山腰里的那座祠堂，也只露着些废垣残瓦，屋上面连炊烟都没有一丝半缕，像是好久没有人住了的样子。并且天气又来得阴森，早晨曾经露一露脸过的太阳，这时候早已深藏在云堆里了，余下来的只是时有时无从侧面吹来的阴飕飕的半箭儿山风。船靠了山脚，跟着前面背着酒菜鱼米的船夫走上严先生祠堂去的时候，我心里真有点害怕，怕在这荒山里要遇见一个干枯苍老得同丝瓜筋似的严先生的鬼魂。

在祠堂西院的客厅里坐定，和严先生的不知第几代的裔孙谈了几句关于年岁水旱的话后，我的心跳也渐渐儿地镇静下去了，嘱托了他以煮饭烧菜的杂务，我和船家就从断碑乱石中间爬上了钓台。

东西两石垒，高各有二三百尺，离江面约两里来远，东西台相去，只有一二百步，但其间却夹着一条深谷，立在东台，可以看得出罗芷的人家，回头展望来路，风景似乎散漫一点，而一上谢氏的西台，向西望去，则幽谷里的清景，却绝对的不像是在人间了。我虽则没有到过瑞士，但到了西台，朝西一看，立时就想起了曾在照片上看见过的威廉退尔的祠堂。这四山的幽静，这江水的青蓝，简直同在画片上的珂罗版色彩，一色也没有两样，所不同的，就是在这儿的变化更多一点，周围的环境更芜杂不整齐一点而已，但这却是好处，这正是足以代表东方民族性的颓废荒凉的美。

从钓台下来，回到严先生的祠堂——记得这是洪杨以后严州知府戴槃重建的祠堂——西院里饱啖了一顿酒肉，我觉得有点酩酊微醉了。手拿着以火柴柄制成的牙签，走到东面供着严先生神像的龛前，向四面的破壁上一看，翠墨淋漓，题在那里的，竟多是些俗而不雅的过路离官的手笔。最后到了南面的一块白墙头上，在离屋檐不远的一角高处，却看到了我们的一位新近去世的同乡夏灵峰先生的四句似邵尧夫而又略带感慨的诗句。夏灵峰先生虽则只知崇古，不善处今，但是五十年来，像他那样的顽固自尊的亡清遗老，也的确是没有第二个人。比较起现在的那些官迷财迷的南满尚书和东洋宦婢来，他的经术言行，姑且不必去论它，就是以骨头来称称，我想也要比什么罗三郎郑太郎辈，重到好几百倍。慕贤的心一动，醺人的臭技自然是难熬了，堆起了几张桌椅，借得了一支破笔，我也在高墙上在夏灵峰先生的脚后放上了一个陈屁，就是在船舱的梦里，也曾微吟过的那一首歪诗。

从墙头上跳将下来，又向龛前天井去走了一圈，觉得酒后的喉咙，有点渴痒了，所以就又走回到了西院，静坐着喝了两碗清茶。在这四大无声，只听见我自己的啾啾喝水的舌音冲击到那座破院的败壁上去的寂静中间，同惊雷似的一响，院后的竹园里却忽而飞出了一声闲长而又有节奏似的鸡啼的声来。同时在门外面歇着的船家，也走进了院门，高声地对我说："先生，我们回去吧，已经是吃点心的时候了，你不听见那只公鸡在后山啼么？我们回去吧！"

一九三二年八月在上海写

临平登山记

　　曾坐沪杭甬的通车去过杭州的人，想来谁也看到过临平山的一道青嶂。车到了峡石，平地里就有起几堆小石山来了，然而近者太近，远者太小，不大会令人想起特异的关于山的概念。一到临平，向北窗看到了这眠牛般的一排山影，才仿佛是叫人预备着到杭州去看山看水似的，心里会突然地起一种变动，觉得杭州是不远了，四周的环境，确与沪宁路的南段，沪杭甬路的东段，一望平原，河流草舍很多的单调的景色不同了。这临平山的顶上，我一直到今年，才去攀涉，回想起来，倒也有一点浅淡的佳趣。

　　临平不过是杭州——大约是往日的仁和县管的吧——的一个小镇，介在杭州海宁二县之间，自杭州东去，至多也不到六七十里地的路程。境内河流四绕，可以去湖州，可以去禾郡，也可以去松江、上海，直到天边。因之沿河的两岸（是东西的）交河的官道（是南北的）之旁，就自然而然地成了一个部落。居民总有八九百家，柳叶菱塘，桑田鱼市，麻布袋，豆腐皮，酱鸭肥鸡，茧行藕店，算将起来，一年四季，农产商品，倒也不少。在一条丁字路的转弯角前，并且还有一家青帘摇漾的杏花村——是酒家的雅号，本名仿佛是聚贤楼——乡民朴素，禁令森严，所以妓馆当然是没有的，旅馆也不曾看到，但暗娼有无，在这一个民不聊生民又不敢死的年头，我可不能够保。

我们去的那天，是从杭州坐了十点左右的一班慢车去的，一则因为左近的三位朋友，那一日正值着假期；二则因为有几位同乡，在那里处理乡村的行政，这几位同乡听说我近来侘傺无聊，篇文不写，所以请那三位住在我左近的朋友约我同去临平玩玩，或者可以散散心，或者也可以壮壮胆，不要以为中国的农村完全是破产了，中国人除几个活大家死之外别无出路了。等因奉此地到了临平，更在那家聚贤楼上，背晒着太阳喝了两斤老酒，兴致果然起来了，把袍子一脱，我们就很勇猛地说："去，去爬山去！"

　　缓步西行（出镇往西），靠左手走过一个桥洞，在一条长蛇似的大道之旁，远远就看得见一座银匠店头的招牌那么的塔，和许多名目也不大晓得的疏疏落落的树。地理大约总可以不再过细地报告了吧，北面就是那座临平山，南面岂不又是一条小河么？我们所以不从临平山的东首上山，而必定要走出镇市——临平市是在山的东麓——走到临平山的西麓去者，原因是为了安隐寺里的一棵梅树。

　　安隐寺，据说，在唐宣宗时，名永兴院，吴越时名安平院。至宋治平二年，始赐今名。因为明末清初的那位西泠十子中的临平人沈去矜谦，好闲多事，作了一部《临平记》，所以后来的临平人，也作出了不少的文章，其中最好的一篇，便是安隐寺里的那棵所谓"唐梅"的梅树。

　　安隐寺，在临平山的西麓，寺外面有一口四方的小井，井栏上刻着"安平泉"的三个不大不小的字。诸君若要一识这安平泉的伟大的过去，和沿临平山一带的许多寺院的兴废，以及鼎湖的何以得名，孙皓的怎么亡国

（我所说的是天玺改元的那一回事情）等琐事，请去翻一翻沈去矜的《临平记》、张大昌的《临平记补遗》或田汝成的《西湖志余》等就得，我在这里，只能老实地说，那天我们所看到的安隐寺，实在是坍败得可以，寺里面的那一棵出名的"唐梅"，树身原也不小，但我却怎么也不想承认它是一千几百年前头的刁钻古怪鬼灵精。你且想想看，南宋亡国，伯颜丞相，岂不是由临平而入驻皋亭的么？那些羊膻气满身满面的元朝鞑子，哪里肯为中国人保留着这一株枯树？此后还有清朝，还有洪杨的打来打去，庙之不存，树将焉附，这唐梅若果是真，那它可真是不怕水火，不怕刀兵的活宝贝了，我们中国还要造什么飞机高射炮呢？同外国人打起仗来，岂不只教擎着这一棵梅树出去就对？

在冷气逼人的安隐寺客厅上吃了一碗茶，向四壁挂在那里的霉烂的字画致了一致敬，付了他们四角小洋的茶钱之后，我们就从不知何时被毁去的西面正殿基的门外，走上了山。沿山脚的一带，太阳光里，有许多工人，只穿了一件小衫，在那里劈柴砍树。我看得有点气起来了，所以就停住了脚，问他们："这些树木，是谁教你们来砍的？""除了这些山的主人之外还有谁呢？"这回话倒也真不错，我呆张着目，看看地上纵横睡着的拳头样粗的松杉树干，想想每年植树节日的各机关和要人等贴出来的红绿的标语传单，喉咙头好像冲起来了一块面包。呆立了一会，看看同来的几位同伴，已经上山去得远了，就只好屁也不放一个，旋转身子，狠狠地踏上了山腰，仿佛是山上的泥沙碎石，得罪了我的样子。

这一口看了工人砍树伐山而得的气闷，直到快爬上山顶的时候，才兹吐出。临平山虽则不高，但走走究竟也有点吃力，喘气喘得多了，肚子里自然会感到一种清空，更何况在山顶上坐下的一瞬间，远远地又看得出钱塘江一线的空明缭绕，越山隔岸的无数青峰，以及脚下头临平一带的烟树人家来了呢！至于在沪杭甬路轨上跑的那几辆同小孩子的玩具似的客车，与火车头上在乱吐的一圈一圈的白烟，那不过是将死风景点一点活的手笔，像麦克白夫妇当行凶的当儿，忽听到了醉汉的叩门声一样，有了原是更好，即使没有，也不会使人感到缺恨的。

从临平山顶上看下来的风景，的确还有点儿可取。从前我曾经到过兰溪，从兰溪市上，隔江西眺横山，每感到这座小小的兰阴山真太平淡，真是造物的浪费。但第二日身入了此山，到山顶去向南向东向西向北一看，反觉得游兰溪者这横山绝不可不到了。临平山的风景，就同这山有点相像，你远看过去，觉得临平山不过是一座光秃的小山而已，另外也没有什么奇特，但到山顶去俯瞰下来，则又觉得杭城的东面，幸亏有了它才可以说是完满。我说这话，并不是因受了临平人的贿赂，也不是想夺风水先生们——所谓堪舆家也——的生意，实在是杭州的东面太空旷了，有了临平山，有了皋亭，黄鹤一带的山，才补了一补缺。这是从风景上来说的话，与什么临平湖塞则天下治，湖开则天下乱等倒果为因的妄揣臆说，却不一样。

临平山顶，自西徂东，曲折高低的山脊线，若把它拉将直来，大约总也有里把路长的样子。在这里把路的半腰偏东，从山下望去，有一围黄色的墙头露出，像煞是巨象身上的一只木斗似的地方，就是临平人最爱夸说的龙洞的道观了。这龙洞，临平的乡下人，谁也晓得，说是小康王曾在洞里避过难。其实呢，这又是以讹传讹的一篇乡下文章而已。你猜怎么着？这临平山顶，半腰里原是有一个大洞的。洞的石壁上贴地之处，有"翼拱之凌晨游此，时康定元年四月八日"的两行字刻在那里。小康王也是一个康，康定元年也是一个康，两康一混，就混成了小康王的避难。大约因此也就成全了那个道观，龙洞道观的所以得至今庙貌重新，游人争集者，想来小康王的功劳，一定要居其大半。可是沈谦的《临平记》里，所说就不同了，现在我且抄一段在这里，聊以当做这一篇《临平登山记》的尾巴，因为自龙山出来，天也差不多快晚了，我们也就跑下了山，赶上了车站，当日重复坐四等车回到了杭州的缘故：

仁宗皇帝康定元年夏四月，翼拱之来游临平山细砺洞。

谦曰：吾乡有细砺洞，在临平山巅，深十余丈，阔二丈五尺，高一丈五尺，多出砺石，本草所称"砺石出临平"者，即其地也；至是者无不一游，自宋至今，题名者数人而已，然多漶漫不可读，而攀跻洗剔，得此一人，亦如空谷之足音，跫然而喜矣。又曰：谦闻洞中题名旧矣，向未见。甲申四月八日，里人例有祈年之举，谦同友人往探，因得见其真迹。字在洞中东北壁，惟翼字最大，下两行分书之，微有丹漆，乃里人郭伯邑所润色，今则剥落殆尽，其笔势，遒劲如颜真卿格，真奇迹也。洞西南，又凿有"窦缄"二字，无年月可考，亦不解其义，意者，游人有窦姓者邪？至于满洞镂刻佛像，或是杨髡灵鹫之余波也。

（《临平记》卷一，十九页）

一九三四年三月

半日的游程

　　去年有一天秋晴的午后，我因为天气实在好不过，所以就搁下了当时正在赶着写的一篇短篇的笔，从湖上坐汽车驰上了江干。在儿时习熟的海月桥花牌楼等处闲走了一阵，看看青天，看看江岸，觉得一个人有点寂寞起来了，索性就朝西直上，一口气便走到了二十几年前曾在那里度过半年学生生活的之江大学的山中。二十年的时间的印迹，居然处处都显示了面形：从前的一片荒山，几条泥路与夫乱石幽溪，草房藩溷，现在都看不见了。尤其要使人感觉到我老何堪的，是在山道两旁的那一排青青的不凋冬树；当时只同豆苗似的几根小小的树秧，现在竟长成了可以遮蔽风雨，可以掩障烈日的长林。不消说，山腰的平处，这里那里，一所所的轻巧而经济的住宅，也添造了许多；像在画里似的附近山川的大致，虽仍依旧，但校址的周围，变化却竟簌生了不少。第一，从前在大礼堂前的那一丝空地，本来是下临绝谷的半边山道，现在却已将面前的深谷填平，变成了一大球场。大礼堂西北的略高之处，本来是有几棵被朔风摧折得弯腰屈背的老树孤立在那里的，现在却建筑起了三层的图书文库了。二十年的岁月！三千六百日的两倍的七千二百日的日子！以这一短短的时节，来比起天地的悠长来，原不过是像白驹的过隙，但是时间的威力，究竟是绝对的暴君，曾日月之几何，我这一个本在这些荒山野径里驰骋过的毛头小子，现在也竟垂垂老了。

一路上走着看着，又微微地叹着，自山的脚下，走上中腰，我竟费去了三十来分钟的时刻。半山里是一排教员的住宅，我的此来，原因为在湖上在江干孤独得怕了，想来找一位既是同乡，又是同学，而自美国回来之后就在这母校里服务的胡君，和他来谈谈过去，赏赏清秋，并且也可以由他这里来探到一点故乡的消息的。

两个人本来是上下年纪的小学校的同学，虽然在这二十几年中见面的机会不多，但或当暑假，或在异乡，偶尔遇着的时候，却也有一段不能自已的柔情，油然会生起在各个的胸中。我的这一回的突然的袭击，原也不过是想使他惊骇一下，用以加增加增亲热的效力的企图；升堂一见，他果然是被我骇倒了。

"哦！真难得！你是几时上杭州来的？"他惊笑着问我。

"来了已经多日了，我因为想静静儿地写一点东西，所以朋友们都还没有去看过。今天实在天气太好了，在家里坐不住，因而一口气就跑到了这里。"

"好极！好极！我也正在打算出去走走，就同你一道上溪口去吃茶去吧，沿钱塘江到溪口去的一路的风景，实在是不错！"

沿溪入谷，在风和日暖，山近天高的田塍道上，二人慢慢地走着，谈着，走到九溪十八涧的口上的时候，太阳已经斜到了去山不过丈来高的地位了。在溪房的石条上坐落，等茶庄里的老翁去起茶煮水的中间，向青翠还像初春似的四山一看，我的心坎里不知怎么，竟充满了一股说不出的飒爽的清气。两人在路上，说话原已经说得很多了，所以一到茶庄，都不想再说下去，只瞪目坐着，在看四周的山和脚下的水，忽而嘘朔朔朔的一声，在半天里，晴空中一只飞鹰，像霹雳似的叫过了，两山的回音，更缭绕地震动了许多时。我们两人头也不仰起来，只竖起耳朵，在静听着这鹰声的响过。回响过后，两人不期而遇地将视线凑集了拢来，更同时破颜发了一脸微笑，也同时不谋而合地叫了出来说：

"真静啊！"

"真静啊！"

等老翁将一壶茶搬来，也在我们边上的石条上坐下，和我们攀谈了几句之后，我才开始问他说：

"久住在这样寂静的山中，山前山后，一个人也没有得看见，你们倒也不觉得怕的么？"

"怕啥东西？我们又没有龙连（钱），强盗绑匪难道肯到孤老院里来讨饭吃的么？并且春二三月，外国清明，这里的游客，一天也有好几千。冷清的，就只不过这几个月。"

我们一面喝着清茶，一面只在贪味着这阴森得同太古似的山中的寂静，不知不觉，竟把摆在桌上的四碟糕点都吃完了，老翁看了我们的食欲的旺盛，就又推荐着他们自造的西湖藕粉和桂花糖说：

"我们的出品，非但在本省口碑载道，就是外省，也常有信来邮购的，两位先生冲一碗尝尝看如何？"

大约是山中的清气，和十几里路的步行的结果吧，那一碗看起来似鼻涕，吃起来似泥沙的藕粉，竟使我们嚼出了一种意外的鲜味。等那壶龙井芽茶，冲得已无茶味，而我身边带着的一封绞盘牌[1]也只剩了两支的时节，觉得今天是行得特别快的那轮秋日，早就在西面的峰旁躲去了。谷里虽掩下了一天阴影，而对面东首的山头，还映得金黄浅碧，似乎是山灵在预备去赴夜宴而铺陈着浓妆的样子。我昂起了头，正在赏玩着这一幅以青天为背景的夕照的秋山，忽听见耳旁的老翁以富有抑扬的杭州土音计算着账说：

"一茶，四碟，二粉，五千文！"

我真觉得这一串话是有诗意极了，就回头来叫了一声说：

"老先生！你是在对课呢？还是在作诗？"

他倒惊了起来，张圆了两眼呆视着问我：

---

1. Capstan 牌香烟，烟盒印有轮船绞盘，故名。

"先生你说啥话语？"

"我说，你不是在对课么？三竺六桥，九溪十八涧，你不是对上了'一茶四碟，二粉五千文'了么？"

说到了这里，他才摇动着胡子，哈哈地大笑了起来，我们也一道笑了。付账起身，向右走上了去理安寺的那条石砌小路，我们俩在山嘴将转弯的时候，三人的呵呵呵呵的大笑的余音，似乎还在那寂静的山腰，寂静的溪口，作不绝如缕的回响。

一九三三年五月二十一日

感伤的行旅

一

犹太人的漂泊，听说是上帝制定的惩罚。中欧一带的"寄泊栖"的游行，仿佛是这一种印度支族浪漫的天性。大约是这两种意味都完备在我身上的缘故吧，在一处沉滞得久了，只想把包裹雨伞背起，到绝无人迹的地方去吐一口郁气。更况且节季又是霜叶红时的秋晚，天色又是同碧海似的天天晴朗的青天，我为什么不走？我为什么不走呢？

可是说话容易，实践艰难，入秋以后，想走想走的心愿，却起了好久了，而天时人事，到了临行的时节，总有许多阻障出来。八个瓶儿七个盖，凑来凑去凑不周全的，尤其是几个买舟借宿的金钱。我不会吹箫，我当然不能乞食，况且此去，也许在吴头，也许向楚尾，也许在中途被捉，被投交有沙米饭吃有红衣服着的笼中，所以踏上火车之先，我总想多带一点财物在身边，免得为人家看出，看出我是一个无产无职的游民。

旅行之始，还是先到上海，向各处去交涉了半天。等到几个版税拿到在手里，向大街上买就了些旅行杂品的时候，我的灵魂已经飞到了空中，"Over the hills and far away"[1]。坐在黄包车上的身体，好像在腾云驾雾，扶摇上九万里外去了。头一晚，就在上海的大旅馆里借了一宵宿。

是月暗星繁的秋夜，高楼上看出去，能够看见的，只是些黄苍颓荡的电灯光。当然空中还有许多同蜂衙里出了火似的同胞的杂噪声，和许多有钱的人在大街上驶过的汽车声融合在一处，在合奏着大都会之夜的"新魔丰腻"，但最触动我这感伤的行旅者的哀思的，却是在同一家旅舍之内，从前后左右的宏壮的房间里发出来的娇艳的肉声，及伴奏着的悲凉的弦索之音。屋顶上飞下来

---

1. "越过群山而远去！"

的一阵两阵的比西班牙舞乐里的皮鼓铜琶更野噪的锣鼓响乐，也未始不足以打断我这愁人秋夜的客中孤独，可是同败落头人家的喜事一样，这一种绝望的喧阗，这一种勉强的干兴，终觉得是肺病患者的脸上的红潮，静听起来，仿佛是有四万万的受难的人民，在这野声里啜泣似的，"如此烽烟如此（乐），老夫怀抱若为开"呢？

不得已就只好在灯下拿出一本德国人的游记来躺在床沿上胡乱地翻读……

一七七六，九月四日，来干思堡，侵晨。

早晨三点，我轻轻地偷逃出了卡儿斯罢特，因为否则他们怕将不让我走。那一群将很亲热地为我做八月廿八的生日的朋友们，原也有扣留住我的权利；可是此地却不可再事淹留下去了。……

这样地跟这一位美貌多才的主人公看山看水，一直地到了月下行车，将从勃伦纳到物络那（Vom Brenner bis Verona）的时候，我也就在悲凉的弦索声、杂噪的锣鼓声，和怕人的汽车声中昏沉睡着了。

不知是在什么地方，我自身却立在黑沉沉的天盖下俯看海水，立脚处仿佛是危岩巉兀的一座石山。我的左壁，就是一块身比人高的直立在那里的大石。忽而海潮一涨，只见黑黝黝的涡旋，在灰黄的海水里鼓荡，潮头渐长渐高，逼到脚下来了，我苦闷了一阵，却也终于无路可逃，带黏性的潮水，就毫无踌躇地浸上了我的两脚，浸上了我的腿部，腰部，终至于将及胸部而停止了。一霎时，水又下退，我的左右又变了石山的陆地，而我身上的一件青袍，却为水浸湿了。在惊怖和懊恼的中间，梦神离去了我，手支着枕头，举起上半身来看看外边的样子，似乎那些毫无目的，毫无意识，只在大街上闲逛、瞎挤、乱骂、高叫的同胞们都已归笼去了，马路上只剩下了几声清淡的汽车警笛之声，前后左右的娇艳的肉声和弦索声也减少了，幽幽寂寂，仿佛从极远处传来似的，只有间隔得很远的竹背牙牌互击的操搭的声音，大约夜也阑了，大家的游兴也倦了吧，这时候我的肚里却也咕噜噜感到了一点饥饿。

　　披上棉袍，向里间浴室的瓷盆里放了一盆热水，漱了一漱口，擦了一把脸，再回到床前安乐椅上坐下。呆看住电灯擦起火柴来吸烟的时候，我不知怎么的斗然间却感到了一种异样的孤独。这也许是大都会中的深夜的悲哀，这也许是中年易动的人生的感觉，但无论如何，我觉得这样的再在旅舍里枯坐是耐不住的了，所以就立起身来，开门出去，想去找一家长夜开炉的菜馆，去试一回小吃。

开门出去，在静寂粉白和病院里的廊子一样的长巷中走了一段，将要从右角转入另一条长廊去的时候，在角上的那间房里，忽而走出了一位二十左右，面色洁白妖艳，一头黑发，松长披在肩上，全身像裸着似的只罩着一件金黄长毛丝绒的 Negligee[1] 的妇人来。这一回的出其不意地在这一个深夜的时间里忽而和我这样的一个潦倒的中年男子的相遇，大约也使她感到了一种惊异，她起始只张大了两只黑晶晶的大眼，怀疑惊问似的对我看了一眼，继而脸上涨起了红霞，似羞缩的将头俯伏了下去，终于大着胆子向我的身边走过，走到另一间房间里去了。我一个人发了一脸微笑，走转了弯，轻轻地在走

1. Negligee：质地轻薄的女式晨衣。

向升降机去的中间，耳朵里还听见了一声她关闭房门的声音，眼睛里还保留着她那丰白的圆肩的曲线，和从宽散的她的寝衣中透露出来的胸前的那块倒三角形的雪嫩的白肌肤。

司升降机的工人和在廊子的一角呆坐着的几位茶役，都也睡态朦胧了，但我从高处的六层楼下来，一到了底下出大门去的那条路上却不料竟会遇见这许多暗夜之子在谈笑取乐的。他们的中间，有的是跟妓女来的龟奴鸨母，有的是司汽车的机器工人，有的是身上还披着绒毯的住宅包车夫，有的大约是专等到了这一个时候，夹入到这些人的中间来骗取一支两支香烟，谈谈笑笑借此过夜的闲人吧，这一个大门道上的小社会里，这时候似乎还正在热闹的黄昏时候一样，而等我走出大门，向东边角上的一家茶馆里坐定，朝壁上的挂钟细细看了一眼时，却已经是午前的三点钟前了。

吃取了一点酒菜回来，在路上向天空注看了许多回。西边天上，正挂着一钩同镰刀似的下弦残月，东北南三面，从高屋顶的电火中间窥探出去，也还见得到一颗两颗的黯淡的秋星，大约明朝不会下雨这一件事情总可以决定的了。我长啸了一声，心里却感到了一点满足，想这一次的出发也还算不坏，就再从升降机上来，回房脱去了袍袄，沉酣地睡着了四五个钟头。

二

几个钟头的酣睡，已把我长年不离身心的疲倦医好了一半了，况且赶到车站的时候正还是上行特别快车将发未动的九点之前，买了车票，挤入了车座，浩浩荡荡，火车头在晨风朝日之中，将我的身体搬向北去的中间，老是自伤命薄，对人对世总觉得不满的我这时代落伍者，倒也感到了一心的快乐。"旅行果然是好的。"我斜倚着车窗，目视着两旁的躺息在太阳和风里的大地，心里却在这样地想，"旅行果然是不错，以后就决定在船窗马背里过它半生生活吧！"

江南的风景，处处可爱，江南的人事，事事堪哀，你看，在这一个秋尽冬来的寒月里，四边的草木，岂不还是青葱红润的么？运河小港里，岂不依旧是白帆如织满在行驶的么？还有小小的水车亭子，疏疏的槐柳树林。

平桥瓦屋，只在大空里吐和平之气，一堆一堆的干草堆儿，是老百姓在这过去的几个月中间力耕苦作之后的黄金成绩，而车辚辚，马萧萧，这十余年中间，军阀对他们的征收剥夺，掳掠奸淫，从头细算起来，哪里还算得明白？江南原说是鱼米之乡，但可怜的老百姓们，也一并的做了那些武装同志们的鱼米了。逝者如斯，将来者且更不堪设想，你们且看看政府中什么局长什么局长的任命，一般物价的同潮也似的怒升，和印花税地税杂税等名目的增设等，就也可以知其大概了。啊啊，圣明天子的朝廷大事，你这贱民哪有左右容喙的权利，你这无智的牛马，你还是守着古圣昔贤的大训，明哲以保其身，且细赏赏这车窗外面的迷人秋景吧！人家瓦上的浓霜去管它作甚？

车窗外的秋色，已经到了烂熟将残的时候了。而将这秋色秋风的颓废末级，最明显地表现出来的，要算浅水滩头的芦花丛薮，和沿流在摇映着的柳色的鹅黄。当然杞树、枫树、柏树的红叶，也一例地在透露残秋的消息，可是绿叶层中的红霞一抹，即在春天的二月，只教你向树林里去栽几株一丈红花，也就可以酿成此景的。至于西方莲的殷红，则不问是寒冬或是炎夏，只教你培养得宜，那就随时随地都可以将其他树叶的碧色去衬它的朱红，所以我说，表现这大江南岸的残秋的颜色，不是枫林的红艳和残叶的青葱，却是芦花的丰白与岸柳的髼黄。

秋的颜色，也管不得许多，我也不想来品评红白，裁答一重公案，总之对这些大自然的四时烟景，毫末也不曾留意的我们那火车机头，现在却早已冲过了长桥几架，抄过了阳澄湖岸的一角，一程一程地在逼近姑苏台下去了。

苏州本来是我侬旧游之地，一帆冷雨过娄门的情趣，闲雅的古人，似乎都在称道。不过细雨骑驴，延着了七里山塘，缓缓地去奠拜真娘之墓的那种逸致，实在也尽值得我们的怀忆的。还有日斜的午后，或者上小吴轩去泡一碗清茶，凭栏细数数城里人家的烟灶，或者在冷红阁上，开开它朝西一带的明窗，静静儿地守着夕阳的晼晚西沉，也是尘俗都消的一种游法。我的此来本来是无遮无碍的放浪的闲行，依理是应该在吴门下榻，离沪的第一晚是应该去听听寒山寺里的夜半清钟的，可是重阳过后，这近边又有了几次农工暴动的风声，军警们提心吊胆，日日在搜查旅客，骚扰居民，像这样的暴风雨将到未来的恐怖期间，我也不想再去多劳一次军警先生的驾了，所以车停的片刻时候，我只在车里跑上先跑落后地看了一回虎丘的山色，想看看这本来是不高不厚的地皮，究竟有没有被那些要人们刮尽。但是还好，那一堆小小的土山，依旧还在那里点缀苏州的景致。不过塔影萧条，似乎新来瘦了，它不会病酒，它不会悲秋，这影瘦的原因，大约总是因为日脚行到了天中的缘故吧。拿出表来一看，果然已经是十一点多钟，将近中午的时刻了。

火车离去苏州之后，路线的两边，耸出了几条绀碧的山峰来。在平淡的上海住惯的人，或者本来是从山水中间出来，但为生活所迫，就不得不在看不见山看不见水的上海久住的人们，大约到此总不免要生出异样的感觉来的吧，同车的有几位从上海来的旅客，一样的因看见了那西南一带的连山而在作点头的微笑。啊啊，人类本来就是大自然的一部分细胞，只教天性不灭，绝没有一个会对了这自然的和平清景而不想赞美的，所以那些卑污贪暴的军阀委员要人们，大约总已经把人性灭尽了的缘故吧，他们只知道要打仗，他们只知道要杀人，他们只知道如何的去敛钱争势夺权利用，他们只知道如何的来破坏农工大众的这一个自然给予我们的伊甸园。啊吓，不对，本来是在说看山的，多嘴的小子，却又破口牵涉起大人先生们的狼心狗计来了，不说吧，还是不说吧，将近十二点了，我还是去炒盘芥莉鸡丁弄瓶"苦配"啤酒来浇浇块垒的好。

三

正吞完最后的一杯苦酒的时候，火车过了一个小站，听说是无锡就在眼前了。

天下第二泉水的甘味，倒也没有什么可以使人留恋的地方。但震泽湖边的芦花秋草，当这一个肃杀的年时，在理想上当然是可以引人入胜的，因为七十二山峰的峰下，处处应该有低浅的水滩，三万六千顷的周匝，少算算也应该有千余顷的浅渚，以这一个统计来计算太湖湖上的芦花，那起码要比扬子江河身的沙渚上的芦田多些，我是曾在太平府以上九江以下的扬子江头看过伟大的芦花秋景的，所以这一回很想上太湖去试试运气看，看我这一次的臆测究竟有没有和事实相合的地方。这样的决定在无锡下车之后，倒觉得前面相去只几里地的路程特别的长了起来，特别快车的速力也似乎特别慢起来了。

　　无锡究竟是出大政客的实业中心地，火车一停，下来的人竟占了全车的十分之三四。我因为行李无多，所以一时对那些争夺人体的黄包车夫们都失了敬，一个人踏出站来，在荒地上立了一会，看了一出猴子戴面具的把戏，想等大伙的行客散了，再去叫黄包车直上太湖边去。这一个战略，本是我在旅行的时候常用常效的方法，因为车刚到站，黄包车价总要比平时贵涨几倍，等大家散尽，车夫看看不得不等第二班车了，那他的价钱就会低让一点，可以让到比平时只贵两成三成的地步。况且从车站到湖滨，随便走哪一条路，总要走个半钟头才能走到，你若急切地去叫车，那客气一点的车夫，会索价一块大洋，不客气的或者竟会说两块三块都不定的。所以夹在无锡的市民中间，上车站前头的那块荒地上去看一出猴犬两明星合演的拿手好戏，也是一件有意义的事情，因为我在看把戏的中间就在摆布对车夫的战略吓。殊不知这一次的作战，我却大大的失败了。

　　原来上行特别快车到站是正午十二点的光景，这一班车过后，则下行特快的到来要在下午的一点半过，车夫若送我到湖边去呢，那下半日的他的买卖就没有了，要不是有特别的好处，大家是不愿意去的。况且时刻又来得不好，正是大家要去吃饭缴车的时候，所以等我从人丛中挤攒出来，想再回到车站前头去叫车的当儿，空洞的卵石马路上，只剩了些太阳的影子，黄包车夫却一个也看不见了。

　　没有方法，只好唱着"背转身，只埋怨，自己做差"，而慢慢地踱过桥去，在无锡饭店的门口，反出了一个更贵的价目，才叫着了一乘黄包车拖我到了迎龙桥下。从迎龙桥起，前面是宽广的汽车道了，两公司的驶往梅园的公共汽车，隔十分钟就有一乘开行，并且就是不坐汽车，从迎龙桥起再坐小照会的黄包车去，也是十分舒适的。到了此地，又是我的世界了，而实际上从此地起，不但有各种便利的车子可乘，就是叫一只湖船，叫她直摇出去，到太湖边上去摇它一晚，也是极容易办到的事情，所以在一家新的公共汽车行的候车的长凳上坐下的时候，我心里觉得是已经到了太湖边上的样子。

　　开原乡一带，实在是住家避世的最好的地方。九龙山脉，横亘在北边，锡山一塔，障得住东来的烟灰煤气，西南望去，不是龙山山脉的蜿蜒的余波，便是太湖湖面的镜光的返照。到处有桑麻的肥地，到处有起屋的良材，耕地的整齐，道路的修广，和一种和平气象的横溢，是在江浙各农区中所找不出第二个来的好地。可惜我没有去做官，可惜我不曾积下些钱来，否则我将不买阳羡之田，而来这开原乡里置它的三十顷地。营五亩之居，筑一亩之室。竹篱之内，树之以桑，树之以麻，养些鸡豚羊犬，好供岁时伏腊置酒高会之资，酒醉饭饱，在屋前的太阳光中一躺，更可以叫稚子开一开留声机器，听听克拉衣斯勒的提琴的慢调或卡儿骚的高亢的悲歌。若喜欢看点新书，那火车一搭，只教有半日工夫，就可以到上海的璧恒别发，去买些最近出版的优美的书来。这一点卑卑的愿望，啊啊，这一点在大人先生的眼里看起来，简直是等于矮子的一个小脚指头般大的奢望，我究竟要在何年何月，才享受得到呢？罢罢，这样的在公共汽车里坐着，这样的看看两岸的疾驰过去的桑田，这样的注视注视龙山的秋景，这样的吸收吸收不用钱买的日色湖光，也就可以了，很可以了，我还是不要作那样的妄想，且念首清诗，聊作个过屠门的大嚼吧！

Mine be a cot beside the hill；

A bee – hive's hum shall soothe my ear；

A willowy brook that turns a mill，

With many a fall shall linger near.

The swallow，oft，beneath my thatch

Shall twitter from her clay – built nest；

Oft shall the pilgrim lift the latch，

And share my meal，a welcome guest.

Around my ivied porch shall spring

Each fragrant flower that drinks the dew；

And Lucy，at her wheel，shall sing

In russet-gown and apron blue.

The village-church among the trees，

Where first our，marriage-vows were given，

With merry peals shall swell the breeze

And point with taper spire to Heaven.[1]

---

1. 英国诗人塞缪尔·罗杰斯（Samuel Rogers，1763—1855）的 *A Wish*。参
   考译诗引自《脍炙人口的英语小诗 200 首》，郝澎译注，南海出版公司
   2016 年 10 月，第 219 页。

> 　　　　心愿
> 愿我在山脚有座茅屋，
> 　一巢蜂儿在耳畔吟唱，
> 柳下小溪有多条瀑布，
> 　转动水磨，蜻蜓在近旁。
>
> 茅檐下常有燕子来回，
> 　在它们的泥窝里呢喃，
> 常有朝圣者轻启柴扉，
> 　做我的宾客共享一餐。
>
> 朵朵香花啜饮着露珠，
> 　开遍藤蔓缠绕的门廊，
> 蓝围裙和粗服的村姑，
> 　手摇纺车在欢声歌唱。
>
> 愿林间有座乡村教堂，
> 　我们的婚礼在此举行，
> 欢乐的钟声随风飘扬，
> 　尖尖的塔顶直指天庭。

这样的在车窗口同诗里的蜜蜂似的哼着念着，我们的那乘公共汽车，已经驶过了张巷荣巷，驶过了一座小山的腰岭，到了梅园的门口了。

四

梅园是无锡的大实业家荣氏的私园，系筑在去太湖不远的一座小山上的别业，我的在公共汽车里想起的那个愿望，他早已大规模地为我实现造好在这里了，所不同者，我所想的是一间小小的茅篷，而他的却是红砖的高大的洋房，我是要缓步以当车，徒步在那些桑麻的野道上闲走的，而他却因为时间是黄金就非坐汽车来往不可的这些违异。然而人同此心，心同此理，看将起来，有钱的人的心理，原也同我们这些无钱无业的闲人的心理是一样的，我在此地要感谢荣氏竟能把我的空想去实现而造成这一个梅园，我更要感谢他既造成之后能把它开放，并且非但把它开放，而又能在梅园里割出一席地来租给人家，去开设一个接待来游者的公共膳宿之场。因为这一晚我是决定在梅园里的太湖饭店内借宿的。

大约到过无锡的人总该知道，这附近的别墅的位置，除了刚才汽车通过的那支横山上的一个别庄之外，要算这梅园的位置顶好了。这一条小小的东山，当然也是龙山西下的波脉里的一条，南去太湖，约只有小三里不足的路程，而在这梅园的高处，如招鹤坪前，太湖饭店的二楼之上，或再高处那荣氏的别墅楼头，南窗开了，眼下就见得到太湖的一角，波光容与，时时与独山、管社山的山色相掩映。至于园里的瘦梅千树，小榭数间，和曲折的路径，高而不美的假山之类，不过尽了一点点缀的余功，并不足以语园林营造的匠心之所在的。所以梅园之胜，在它的位置，在它的与太湖的接而又离，离而又接的妙处，我的不远数十里的奔波，定要上此地来借它一宿的原因，也只想利用利用这一点特点而已。

　　在太湖饭店的二楼上把房间开好，喝了几杯既甜且苦的惠泉山酒之后，太阳已有点打斜了，但拿出表来一看，时间还只是午后的两点多钟。我的此来，原想看一看一位朋友所写过的太湖的落日，原想看看那落日与芦花相映的风情的，若现在就赶往湖滨，那未免去得太早，后来怕要生出久候无聊的感想来。所以走出梅园，我就先叫了一乘车子，再回到惠山寺去，打算从那里再由别道绕至湖滨，好去赶上看湖边的落日。但是锡山一停，惠山一转，遇见了些无聊的俗物在惠山泉水旁的大嚼豪游，及许多武装同志们的沿路的放肆高笑，我心里就感到了一心的不快，正同被强人按住在脚下，被他强塞了些灰土尘污到肚里边去的样子，我的脾气又发起来了，我只想登到无人来得的高山之上去尽情吐泻一番，好把肚皮里的抑郁灰尘都吐吐干净。穿过了惠山的后殿，一步一登，朝着只有斜阳和衰草在乔情调戏的濯濯的空山，不晓走了多少时候，我竟走到了龙山第一峰的头茅峰外了。

目的总算达到了，惠山锡山寺里的那些俗物，都已踏踢在我的脚下，四大皆空，头上身边，只剩下一片蓝苍的天色和清淡的山岚。在此地我可以高啸，我可以俯视无锡城里的几十万为金钱名誉而在苦斗的苍生，我可以任我放开大口来骂一阵无论哪一个凡为我所疾恶者，骂之不足，还可以吐他的面，吐面不足，还可以以小便来浇上他的身头。我可以痛哭，我可以狂歌，我等爬山的急喘平复了一点之后，在那块头茅峰前的山峰头上竟一个人演了半日的狂态，直到喉咙干哑，汗水横流，太阳也倾斜到了很低很低的时候为止。

气竭声嘶，狂歌高叫的声音停后，我的两只本来是为我自己的噪聒弄得昏昏的耳里，忽而沁地钻入了一层寂静。风也无声，日也无声，天地草木都仿佛在一击之下变得死寂了，沉默，沉默，沉默，空处都只是沉默。我被这一种深山里的静寂压得怕起来了，头脑里却起了一种很可笑的后悔。"不要这世界完全被我骂得陆沉了哩？"我想，"不要山鬼之类听了我的啸声来将我接受了去，接到了他们的死灭的国里去了哩？"我又想，"我在这里踏着的不要不是龙山山头，不要是阴间的滑油山之类哩？"我再想。于是我就注意看了看四边的景物，想证一证实我这身体究竟还是仍旧活在这卑污满地的阳世呢，还是已经闯入了那个鬼也在想革命而谋做阎王的阴间。

朝东望去，远散在锡山塔后的，依旧是千万的无锡城内的民家和几个工厂的高高的烟突，不过太阳斜低了，比起午前的光景来，似乎加添了一点倦意。俯视下去，在东南的角里，桑麻的林影，还是很浓很密的，并且在那条白线似的大道上，还有行动的车类的影子在那里前进呢，那么至少至少，四周都只是死灭的这一个观念总可以打破了。我宽了一宽心，更掉头朝向了西南，太阳落下了，西南一面，只是炫目的湖光，远处银蓝濛溟，当是湖中间的峰面的暮霭，西面各小山的面影，也都变成了紫色了。因为看见了斜阳，看见了斜阳影里的太湖，我的已经闯入了死界的念头虽则立时打消，但是日暮途穷，只一个人远处在荒山顶上的一种实感，却油然地代之而起。我就伸长了脖子拼命地查看起四面的路来，这时候我实在只想找出一条近而且坦的便道，好遵此便道而赶回家去。因为现在我所立着的，是龙山北脉在头茅峰下折向南去的一条支岭的高头，东西南三面只是岩石和泥沙，没有一条走路的。若再回至头茅峰前，重沿了来时的那条石级，再下至惠山，则无缘无故便白白地不得不多走许多的回头曲路，大丈夫是不走回头路的，我一边心里虽在这样的同小孩子似的想着，但实在我的脚力也有点虚竭了。"啊啊，要是这儿有一所庵庙的话，那我就可以不必这样的着急了。"我一边尽在看四面的地势，一边心里还在作这样的打算，"这地点多么好啊，东面可以看无锡全市，西面可以见太湖的夕阳，后面是头茅峰的高顶，前面是朝正南的开原乡一带的村落，这里比起那头茅峰来，形势不晓要好几十倍，无锡人真没有眼睛，怎么这一块龙山南面的平坦的山岭却这样的弃置着而不来造一所庵庙的呢？唉唉，或者他们是将这一个好地方留着，留待我来筑室幽居的吧？或者几十年后将有人来因我今天的在此一哭而为我起一个痛哭之台而与我那故乡的谢氏西台来对立的吧？哈哈，哈哈。不错，很不错。"末后想到了这一个夸大妄想狂者的想头之后，我的精神也抖擞起来了，于是拔起脚跟，不管它有路没路，只是往前向那条朝南斜拖下去的山坡下乱走。结果在乱石上滑坐了几次，被荆棘钩破了一块小襟和一双线袜，跳过了几块岩石，不到三十分钟，我也居然走到了那支荒山脚下的坟堆里了。

到了平地的坟树林里来一看，西天低处太阳还没有完全落尽，走到了离坟不远的一个小村子的时候，我看了看表，已经是五点多了。村里的人家，也已经在预备晚餐，门前晒在那里的干草豆萁，都已收拾得好好，老农老妇，都在将暗未暗的天空下，在和他们的孙儿孙女游耍。我走近前去，向他们很恭敬地问了问到梅园的路径，难得他们竟有这样的热心，居然把我领到了通汽车的那条大道之上。等我雇好了一乘黄包车坐上，回头来向他们道谢的时候，我的眼角上却又扑簌簌地滚下了两粒感激的大泪来。

五

山居清寂，梅园的晚上，实在是太冷静不过。吃过了晚饭，向庭前去一走，只觉得四面都是茫茫的夜雾和每每的荒田，人家也看不出来，更何况乎灯烛辉煌的夜市。绕出园门，正想拖了两只倦脚走向南面野田里去的时候，在黄昏的灰暗里我却在门边看见了一张有几个大字写在那里的白纸。摸近前去一看，原来是中华艺大的旅行写生团的通告。在这中华艺大里，我本有一位认识的画家C君在那里当主任的，急忙走回饭店，教茶房去一请，C君果然来了。我们在灯下谈了一会，又出去在园中的高亭上站立了许多时候，这一位不趋时尚，只在自己精进自己的技艺的画家，平时总老是讷讷不愿多说话的，然而今天和我的这他乡的一遇，仿佛把他的习惯改过来了，我们谈了些以艺术作了招牌，拼命地在运动做官做委员的艺术家的行为。我们又谈到了些设了很好听的名目，而实际上只在骗取青年学子的学费的艺术教育家的心迹。我们谈到了艺术的真髓，谈到了中国的艺术的将来，谈到了革命的意义，谈到了社会上的险恶的人心，到了叹声连发，不忍再谈下去的时候，高亭外的天色也完全黑了。两人伸头出去，默默地只看了一回天上的几颗早见的明星。我们约定了下次到上海时，再去江湾访他的画室的日期，就各自在黑暗里分手走了。

　　大约是一天跑路跑得太多了的缘故吧，回旅馆来一睡，居然身也不翻一个，好好儿地睡着了。约莫到了残宵二三点钟的光景，槛外的不知从哪一个庙里来的钟磬，尽是当当当当地在那里慢击。我起初梦醒，以为是附近报火的钟声，但披衣起来，到室外廊前去一看，不但火光看不出来，就是火烧场中老有的那一种叫噪的人号狗吠之声也一些儿听它不出。庭外如云如雾，静浸着一庭残月的清光。满屋沉沉，只充满着一种遥夜酣眠的呼吸。我为这钟声所诱，不知不觉，竟扣上了衣裳，步出了庭前，将我的孤零的一身，浸入了仿佛是要黏上衣来的月光海里。夜雾从太湖里蒸发起来了，附近的空中，只是白茫茫的一片。叉桠的梅树林中，望过去仿佛是有人立在那里的样子。我又慢慢地从饭店的后门，步上了那个梅园最高处的招鹤坪上。南望太湖，也辨不出什么形状来，不过只觉得那面的一块空阔的地方，仿佛是由千千万万的银丝织就似的，有月光下照的清辉，有湖波反射的银箭，还有如无却有，似薄还浓，一半透明，一半黏湿的湖雾湖烟，假如你把身子用力地朝南一跳，那这一层透明的白网，必能悠扬地牵举你起来，把你举送到王母娘娘的后宫深处去似的。这是我当初看了那湖天一角的景象的时候的感想，但当万籁无声的这一个月明的深夜，幽幽地慢慢地，被那远寺的钟声，当嗡，当嗡的接连着几回有韵律似的催告，我的知觉幻想，竟觉得渐渐地渐渐地麻木下去了，终至于什么也不想，什么也不干，两只脚柔软地跪坐了下去，眼睛也只同呆了似的钉视住了那悲哀的残月不能动了。宗教的神秘，人性的幽幻，大约是指这样的时候的这一种心理状态而说的吧，我像这样的和耶稣教会的以马内利的圣像似的，被那幽婉的钟声，不知魔伏了几多时，直到钟声停住，木鱼声发，和尚——也许是尼姑——的念经念咒的声音幽幽传到我耳边的时候，方才挺身立起，回到了那旅馆的居室里来，这时候大约去天明总也已经不远了吧？

回房不知又睡着了几个钟头，等第二次醒来的时候，前窗的帷幕缝中却漏入了几行太阳的光线来。大约时候总也已不早了，急忙起来预备了一下，吃了一点点心，我就出发到太湖湖上去。天上虽各处飞散着云层，但晴空的缺处，看起来仍可以得到底的，所以我知道天气总还有几日好晴。不过太阳光太猛了一点，空气里似乎有多量的水蒸气含着，若要登高处去望远景，那像这一种天气是不行的，因为晴而不爽，你不能从厚层的空气里辨出远处的寒鸦林树来，可是只要看看湖上的风光，那像这样的晴天，也已经是尽够的了。并且昨晚上的落日没有看成，我今天却打算牺牲它一天的时日，来试试太湖里的远征，去找出些前人所未见的岛中僻景来，这是当走出园门，打杨庄的后门经过，向南走入野田，在走上太湖边上去的时候的决意。

太阳升高了，整洁的野田里已有早起的农夫在辟土了。行经一块桑园地的时候，我且看见了两位很修媚的姑娘，头上罩着了一块白布，在用了一根竹竿，打下树上的已经黄枯了的桑叶来。听她们说这也是蚕妇的每年秋季的一种工作，因为枯叶在树上悬久了，那老树的养分不免要为枯叶吸几分去，所以打它们下来是很要紧的，并且黄叶干了，还可以拿去生火当柴烧，也是一举两得的事情。

在野田里的那条通至湖滨的泥路，上面铺着的尽是些细碎的介虫壳儿，所以阳光照射下来，有几处虽只放着明亮的白光，但有几处简直是在发虹霓似的彩色。

像这样的有朝阳晒着的野道，像这样的有林树小山围绕着的空间，况且头上又是青色的天，脚底下并且是五彩的地，饱吸着健康的空气，摆行着不急的脚步，朝南的走向太湖边去，真是多么美满的一幅清秋行乐图呀！但是风云莫测，急变就起来了，因为我走到了管社山脚，正要沿了那条山脚下新辟的步道走向太湖旁的一小湾俗名五里湖滨的时候，在山道上朝着东面的五里湖心却有两位着武装背皮带的同志和一位穿长袍马褂的先生立在那里看湖面的扁舟。太阳光直射在他们的身上，皮带上的镀镍的金属，在放异样的闪光。我毫不留意地走近前去，而听了我的脚步声将头掉转来的他们中间的武装者的一位，突然叫了我一声，吃了一惊我张开了大眼向他一看，原来是一位当我在某地教书的时候的从前的学生。

他在学校里的时候本来就是很会出风头的，这几年来际会风云，已经步步高升成了党国的要人了，他的名字我也曾在报上看见过几多次的，现在突然地在这一个地方被他那么的一叫，我真骇得颜面都变成了土色了。因为两三年来，流落江湖，不敢出头露面的结果，我每遇见一个熟人的时候，心里总要怦怦地惊跳，尤其是在最近被几位满含恶意的新闻记者大书了一阵我的叛党叛国的记载以后，我更是不敢向朋友亲戚那里去走动了，而今天的这一位同志，却是党国的要人，现任的中央机关里的常务委员，若论起罪来，是要从他的手中发落的，冤家路窄，这一关叫我如何地偷逃过去呢？我先发了一阵抖，立住了脚呆木了一下，既而一想，横竖逃也逃不脱了，还是大着胆子迎上去吧，于是就立定主意保持着若无其事的态度，前进了几步，和他握了握手。

　　"啊！怎么你也会在这里！"我很惊喜似的装着笑脸问他。

　　"真想不到在这里会见到先生的，近来身体怎么样！脸色很不好哩！"他也是很欢喜地问我。看了他这态度，我的胆子放大了，于是就造了一篇很圆满的历史出来报告给他听。

　　我说因为身体不好，到太湖边上来养病已经有两年多了，自从去年夏天起，并且因为闲空不过，就在这里聚拢了几个小学生来在教他们的书，今天是礼拜，所以才出来走走，但吃中饭的时候却非要回去不可的，书房是在城外××桥××巷的第××号，我并且要请他上书房去坐坐，好细谈谈别后的闲天。我这大胆的谎语原也已经听见了他这一番来锡的任务之后才敢说的，因为他说他是来查勘一件重大党务的，在这太湖边上一转，午后还要上苏州去，等下次再有来无锡的机会的时候再来拜访，这是他的遁辞。

　　他为我介绍了那另外的两位同志，我们就一同地上了万顷堂，上了管社山，我等不到一碗清茶泡淡的时候，就设辞和他们告别了。这样的我在惊恐和疑惧里，总算访过了太湖，游尽了无锡，因为中午十二点的时候我已同逃狱囚似的伏在上行车的一角里在喝压惊的"苦配"啤酒了。这一次游无锡的回味，实在也正同这啤酒的味儿差仿不多。

　　　　　　　　　　一九二八年十一月作者在途中记

一九三四年（甲戌），三月二十八日（旧二月十四），星期三，大雨，寒冷如残冬。

晨四时，乱梦为雨声催醒，不复成寐；起来读歙县黄秋宜少尉《黄山纪游》一卷，系前申报馆仿宋聚珍版之铅印本，为《屑玉丛谈》二集中之一种。这游记，共二十五页，记自咸丰九年己未八月二十八日从潭渡出发去黄山，至同年九月十一日重返潭渡间事。文笔虽不甚美，但黄山的伟大，与夫攀涉之不易，及日出，云升，松虬，石壁，山洞，绝涧，飞瀑，温泉诸奇景，大抵记载详尽，若去黄山，亦可作导游录看，故而收在行箧中。

昨日得上海信，知此次同去黄山游者，还有四五位朋友，膳宿旅费，由建设厅负担，沿路陪伴者，由公路局派往，奉宪游山，虽难免不贻——山灵忽地开言道："小的青山见老爷！"——之讯，然而路远山深，像我等不要之人，无产之众，要想作一度壮游，也颇非易事。更何况脚力不健，体力不佳，无徐霞客之胆量，有阮步兵之猖狂，若语堂、光旦等辈，则尤非借一点官力不行了。

午后四时，大雨中，忽来了一张建设厅的请帖，和秋原、增嘏、语堂等到杭，现住西湖饭店的短简。冒雨前去，在西湖饭店楼下先见了一群文绉绉的同时出发之游览者及许多熟人；全、叶、潘、林，却雅兴勃发，已上西泠印社，去赏玩山色空濛的淡妆西子了。伫候片时，和这个那个谈谈天气与旧游之地，约莫到了五点，四位金刚，方才返寓。乱说了一阵，并无原因地哄笑了几次，我们就决定先去吃私菜，然后再去陪官宴。吃私菜处，是寰宇驰名的王饭儿，官宴在湖滨中行别业的大厅上。

私菜吃完，赶至湖滨，中行别业的大厅上，灯烛辉煌，摆满了五六桌热气蒸腾的菜。在全堂哄笑大嚼的乱噪声中，又决定四十余人，分五路出发；一路去南京芜湖，一路去天台雁宕，一路去绍兴宁波，一路去杭江沿线，一路去徽州，直至黄山。语堂、增嘏、光旦、秋原，申报馆的徐天章与时事新报馆的吴宝基两先生，以及小子，是去黄山者，同去的为公路局的总稽查金筬甫先生。

游临安县玲珑山及钱王墓

三月二十九日，星期四，晴。

昨晚雨中夹雪，喝得醉醺醺回来的路上，心里颇有点儿犹豫；私下在打算，若明天雨雪不止者，则一定临发脱逃，做一次旅行队里的 Renegade[1]，好在不是被招募去的新兵，罪名总没有的。今晨五六点钟，探头向窗帷缺处一望，天色竟青苍苍的晴了，不得已只好打着呵欠，连忙起来梳洗更衣，料理行箧赶到湖滨，正及八点，一群奉宪游山者，早已手忙脚乱，立在马路边上候车子来被搬去了。我们的车子，出武林门，过保俶塔，向秦亭山脚朝西驶去的时候，太阳还刚才射到了老和山的那一座黄色的墙头。

宿雨初晴，公路明洁，两旁人行道上，头戴着银花，手提着香篮的许多乡下的善男信女，一个个都笑嘻嘻地

---

1. Renegade：叛徒。

在尘灰里对我们呆看，于是乎就有了我们这一批游山老爷的议论。

"中国的老百姓真可爱呀！"是语堂的感叹。

"春秋二季的香市，是她们的唯一的娱乐。也可以借此去游山玩水，也可以借此去散发性欲，Pilgrimage[1] 之为用，真大矣哉！"是精神分析学者光旦的解释。

"她们一次烧香，实在也真不容易。恐怕现在在实行的这计划，说不定是去年年底下就定下了，私私地在积些钱下来。直到如今，几个月中间果然也没有什么特别事故发生，她们一面感谢着菩萨的灵佑，一面就这么的不远千里而步行着来烧香了。"这又是语堂的 Dichtung[2]。

增嘏、秋原大约是坐在前面的头等座位里，故而没有参加入车中的议论。一路上的谈话，若要这样的笔录下来，起码有两三部 Canterbury Tales[3] 的分量，然而时非中世，我亦非英文文学之祖，姑从割爱，等到另有机会

---

1. Pilgrimage：朝圣之旅。
2. Dichtung（德语）：诗。
3. 英国诗人乔叟（1343—1400）的叙事长诗《坎特伯雷故事》，描写一群去坎特伯雷朝圣的人在路上讲述的若干传奇故事。

时再写也还不迟。

车到临安之先，在一处山腰水畔，看见了几家竹篱茅舍的人家。山前山后，茶叶一段段地在太阳光里吐气。门前桃树一株，开得热闹如云，比之所罗门的荣华，当然只有过之。骚——这字音虽不雅，但义却含两面——兴一动，我就在日记簿上写下了两行曲蟮似的字：

泥壁茅蓬四五家，山茶初苗两三芽。

天晴男女忙农去，闲杀门前一树花。

这一种乡村春日的自在风光，一路上不知见了多少。可惜没有史梧冈那么的散记笔法，能替它们传神写照，点画出来，以飨终年不出都市的许多大布尔先生。

临安县在余杭之西，去杭州约百余里，是钱武肃王的故里；至今武肃王墓对面的那支大官山上，还有一座纪念钱氏的功臣塔建立在那里。依路局规定的路线，则西来第一处登山，当在临安县西十里地的玲珑山。午前十点左右，车到了临安站，先教站中预备午饭，我们就又开车，到玲珑站下来步行。在田塍路上，溪水边头，约莫走了两三里地的软泥松路，才到了玲珑山口。

玲珑山的得名，依县志所载，则因它"两峰屹峙，盘空而上，故曰玲珑"。实在则这山的妙处是在有石有泉，而又有苏黄佛印的游踪，与夫禅妓琴操的一墓。你试想想，既有山，复有水，又有美人，又有名士，在这里中国的胜景的条件，岂不是样样齐备了么？玲珑山的所以比径山、九仙山更出名，更有人来玩的原因，我想总也不外乎此。还有一件，此山离县治不远，登山亦无不便，而历代的临安仕宦乡绅，又乐为之经营点缀，所以临安虽只一瘦瘠的小县，而此山的规模气概，也可以与通都大邑的名山相并。地之传与不传，原也有幸不幸的气数存在其间。

入山行一二里，地势渐高。山径曲折，系沿着两峰之间的一条溪泉而上。一边是清溪，一边是绝壁。壁岩峻处，半山间有"玲珑胜境"的四大字刻在那里。再上是东坡的"醉眠石"，"九折岩"。三林亭的遗址，大约也在这半山之中。壁上的摩崖石刻，不计其数。可惜这山都是沙石岩，风化得厉害，石刻的大半，都已经辨认不清了。最妙的是苏东坡的那块"醉眠石"，在山溪的西旁，石壁下的路东，长长的一块方石，横躺下去，也尽可以容得一人的身长，真像是一张石做的沙发。东坡究竟有没有在此石上醉眠过，且不去管它，但石上的三字，与离此石不远的岩壁上的"九折岩"三字，以及"何年僵立两苍龙"的那一首律诗，相传都是东坡的手笔；我非考古金石家，私自想想这些古迹还是貌虎认它作真的好，假冒风雅比之焚琴煮鹤，究竟要有趣一点。还有"醉眠石"的东首，也有一块山石，横立溪旁，上镌"琴声"两篆字，想系因流水淙淙有琴韵，与"琴操墓"就在上面的双关佳作，因为不忍埋没这作者的苦心，故而在此提起一句。

　　沿溪摸壁，再上五六十步，过合涧泉，至山顶下平坦处，有一路南绕出西面一支峰下。顺道南去，到一处突出平坦之区，大约是收春亭的旧址。坐此处而南望，远近的山峰田野，尽在指顾之间，平地一方，可容三四百人。平地北面，当山峰削落处，还留剩一石龛，下覆古石刻像三尊，相传为东坡、佛印、山谷三人遗像，明褚栋所说的因梦得像，因像建碑的处所，大约也就在这里，而明黄鼎象所记的剩借亭的遗址，总也是在这一块地方了，俗以此地为三休亭，更讹为三贤祠，皆系误会者无疑。

在石凳下眺望了半天，仍遵原路向北向东，过一处菜地里的碑亭，就到玲珑山寺里去休息。小坐一会，喝了一碗茶，更随老僧出至东面峰头，过钟楼后，便到了琴操的墓下。一抔荒土，一块粗碑，上面只刻着"琴操墓"的三个大字，翻阅新旧临安县志，都不见琴操的事迹，但云墓在寺东而已，只有冯梦祯的《琴操墓》诗一首：

弦索无声湿露华，白云深处冷袈裟。

三泉金骨知何地，一夜西风扫落花。

抄在这里，聊以遮遮临安县志编者之羞。

同游者潘光旦氏，是冯小青的研求者，林语堂氏是《桃花扇》里的李香君的热爱狂者，大家到了琴操墓下，就齐动公愤，说临安县志编者的毫无见识。语堂且更捏了一本《野叟曝言》，慷慨陈词地说："光旦，你去修冯小青的墓吧，我立意要去修李香君的坟，这琴操的墓，只好让你们来修了。"

说到后来，眼睛就盯住了我们，所谓你们者，是在指我们的意思。因这一段废话，我倒又写下了四句狗屁：

山既玲珑水亦清，东坡曾此访云英。

如何八卷《临安志》，不记琴操一段情。

东坡到临安来访琴操事，曾见于菜地里的那一块碑文之上，而毛子晋编的《东坡笔记》里，也有一段记琴操的事情说：

苏子瞻守杭日，有妓名琴操，颇通佛书，解言辞，子瞻喜之。一日游西湖，戏语琴操曰："我作长老，汝试参禅！"琴操敬诺。子瞻问曰："何谓湖中景？"对曰："落霞与孤鹜齐飞，秋水共长天一色。""何谓景中人？"对曰："裙拖六幅湘江水，髻挽巫山一段云。""何谓人中意？"对曰："随他杨学士，鳖杀鲍参军。""如此究竟何如？"琴操不答，子瞻拍案曰："门前冷落车马稀，老大嫁作商人妇。"琴操言下大悟，遂削发为尼。

这一段有名的东坡轶事，若不是当时好奇者之伪造，则关于琴操，合之前录的冯诗，当有两个假设好定，即一，琴操或系临安人；二，琴操为尼，或在临安的这玲珑山附近的庵中。

我们这一群色情狂者还在琴操墓前争论得好久，才下山来。再在玲珑站上车，东驶回去，上临安去吃完午饭，已经将近两点钟了；饭后并且还上县城东首的安国山（俗称太庙山）下，去瞻仰了一回钱武肃王的陵墓。

武肃王的丰功伟烈，载在史册；除《吴越备史》之外，就是新旧《临安县志》、《杭州府志》等，记钱氏功业因缘的文字，也要占去大半；我在此地本可以不必再写，但有二三琐事，系出自我之猜度者，顺便记它一记，或者也可以供一般研究史实者的考订。

钱武肃王出身市井，性格严刻，自不待言，故唐僧贯休呈诗，有"一剑霜寒十四州"之句。及其衣锦还乡，大宴父老时，却又高歌着"斗牛无字兮民无欺"等语；酒酣耳热，王又自唱吴歌娱父老曰："汝辈见侬的欢喜，吴人与我别是一般滋味，子长在我心子里。"则他的横征暴敛，专制刻毒，大旨也还为的是百姓，并无将公帑存入私囊去的倾向。到了他的末代忠懿王钱宏俶，还能薄取于民，使民垦荒田，勿收其税，或请科赋者，杖之国门，也难怪得浙江民众，要怀念及他，造保俶塔以资纪念了。还有一件事实，武肃王妃，每岁春必归临安，王遗妃书曰，"陌上花开，可缓缓归矣。"吴人至用其语为歌。我意此书，必系王之书记新城罗隐秀才的手笔，因为语气温文，的是诗人出口语也。

自钱王墓下回来，又坐车至藻溪。换坐轿子，向北行四十里而至西天目。因天已晚了，就在西天目山下的禅源寺内宿。

游西天目

三月三十日，星期五，阴晴。

西天目山，属于潜县。昨天在地名藻溪的那个小站下车，坐轿向北行三四十里，中途曾过一教口岭，高峻可一二十丈。过教口岭后，四面的样子就不同了。岭外是小山荒田的世界，落寞不堪；岭内向北，天目高高就在面前，路旁流水清沧，自然是天目山南麓流下来的双清溪涧，或合或离，时与路会，村落很多，田也肥润，桥梁路亭之多，更不必说了。经过白鹤溪上的白鹤桥、月亮桥后，路只在一段一段地斜高上去。入大有村后，已上山路，天色阴阴，树林暗密，一到山门，在这夜阴与树影互竞的黑暗网里，远远听到了几声钟鼓梵唱的催眠暗示，一种畏怖，寂灭，皈依，出世的感觉，忽如雷电似的向脑门里袭来。宗教的神秘作用，奇迹的可能性，我们在这里便领略了一个饱满，一半原系时间已垂暮的关系，一半我想也因一天游旅倦了，筋骨气力，都已有点酥懒了的缘故。

西天目的开山始祖，是元嘉熙年生下来的吴江人高峰禅师。修行坐道处，为西峰之狮子岩头，到现在西天目还有一处名死关的修道处，就系高峰禅师当时榜门之号。禅师的骨塔，现在狮子峰下的狮子口里。自元历明，西天目的道场庙宇，全系建筑在半山的这狮子峰附近一带的所谓狮子正宗禅寺者是。元以前，西天目山名不确见于经传，东坡行县，也不曾到此，谢太傅游山，屐痕也不曾印及。元明两代，寺屡废屡兴，直至清康熙年间，玉林国师始在现在的禅源寺基建高峰道场，实即元洪乔祖施田而建之双清庄遗址。

在阴森森的夜色里，轿子到了山门；下轿来一看，只看见一座规模浩大的八字黄墙，墙内墙外，木架横斜，这天目灵山的山门似正在动工修理。入门走一二里，地高一段，进天王殿；再高一段，入韦驮宝殿；又高一段，是有一块"行道"的匾额挂在那里的法堂。从此一段一段，高而再高，过大雄宝殿，穿方丈居室，曲折旋绕，凡走了十几分钟，才到了东面那间五开间的楼厅上名来青室的客堂里。窗明几净，灯亮房深，陈设器具，却像是上海滩上的头号旅馆，只少了几盏电灯，和卖唱卖身的几个优婆夷耳。

正是旧历的二月半晚上，一餐很舒适的素菜夜饭吃后，云破月来，回廊上看得出寺前寺后的许多青峰黑影，及一条怪石很多的曲折的山溪。溪声铿锵，月色模糊，刚读完了第二十八回《野叟曝言》的语堂大师，含着雪茄，上回廊去背手一望，回到炉边，就大叫了起来：

"这真是绝好的 Dichtung ！"

可惜山腰雪满，外面的空气尖冷，我们对了这一个清虚夜境，只能割爱；吃了些从天王殿的摊贩处买来的花生米和具有异味的土老酒后，几个 Dichter[1] 也只好抱着委屈各自上床去做梦了。

侵晨七点，诗人们的梦就为山鸟的清唱所打破，大家起来梳洗早餐后，便预备着坐轿上山去游山。语堂受了一点寒，不愿行动，只想在禅源寺的僧榻上卧读《野叟曝言》，所以不去。

山路崎岖陡削，本是意计中事，但这西天目山的路，实在也太逼仄了；因为一面是千回百折的清溪，一面是奇岩矗立的石壁，两边都开凿不出路来，故而这条由细石巨岩叠成的羊肠曲径，只能从树梢头绕，山嘴里穿。我们觉得坐在轿子里，有三条性命的危险，所以硬叫轿夫放下轿来，还是学着诗人的行径，缓步微吟，慢慢儿地踏上山去。不过这微吟，到后来终于变了急喘，说出来倒有点儿不好意思。

扶壁沿溪提脚弯腰地上去，过五里亭，七里亭。山爬得愈高，树来得更密更大，岩也显得愈高愈奇，而气候尤变得十分的冷。西天目山产得最多的柳杉树的干上

---

1. Dichter（德语）：诗人。

针叶上，还留有着点点的积雪，岩石上尽是些水晶样的冰条。尤其是狮子峰下，将到狮子口高峰禅师塔院的路上，有一块倒覆的大岩石，横广约有二三十丈，在这岩上倒挂在那里的一排冰柱，真是天下的奇观。

到了狮子口去休息了数刻钟，从那茅篷的小窗里向南望了一下，我们方才有了爬山的自信。这狮子口虽则还在半山，到西天目的绝顶"天下奇观"的天柱峰头，虽则还有十几里路，但从狮子口向南一望，已经是缥缈凌空，巨岩小阜，烟树，云溪，都在脚下；翠微岩、华石峰、旭日峰下的那一座禅源大禅寺，只像似画里的几点小小的山斋，不知不觉，我们早已经置身在千丈来高的地域了，山茶清酽，山气冱寒，山僧的谈吐，更加是幽闲别致，到了这狮子口里，展拜展拜高峰禅师的坟墓，翻阅翻阅西天目祖山志上的形胜与艺文，这里那里的指点指点，与志上的全图对证对证，我们都已经有点儿乐而忘返，想学学这天目山传说中最古的那位昭明太子的父亲，预备着把身体舍给了空门。

说起了昭明太子，我却把这天目山中，最古的传说忘了，现在正好在这里补叙一下。原来天目山的得名，照万历《临安县旧志》之所说，是在"县西北五十里。即浮玉山，大藏经谓为宇内三十四洞天，名太微元盖之天。《太平寰宇记》曰：水缘山曲折，东西巨源若两目，故曰天目，西目属于潜，东目属临安。梁昭明太子，以葬母丁贵嫔，被宫监鲍邈之谮，不能自明，遂惭愤不见帝（武帝），来临安东天目山禅修，取汉及六朝文字遴之，为《文选》二十卷，取《金刚经》，分为三十二节，心血以枯，双目俱瞀。禅师志公，导取石池水洗之，一目明；复于西天目山，取池水洗之，双目皆明。不数年，帝遣人来迎，兵马候于天目山之麓，因建寺为等慈院"。

这一段传说，实在是很有诗意的一篇宫闱小说：大约因为它太有诗意了吧，所以《临安志》、《于潜志》，都详载此事，借做装饰。结果弄得东天目有洗眼池、昭明寺、太子殿、分经台，西天目也同样的有洗眼池、昭明寺、太子殿、分经台。文人活在世上，文章往往不值半分钱，大抵饥饿以死。到了肉化成灰，骨变成炭的时候，却大家都要来攀龙附凤，争夺起来了，这岂真是文学的永久性的效力么？分析起来，我想唯物的原因，总也是不少的。因为文人活着，是一样的要吃饭穿衣生儿子的，到得死了几百年之后，则物的供给，当然是可以不要。提一提起某曾住此，某曾到此，活人倒可以吸引游客，占几文光；和尚道士，更可以借此去募化骗钱，造起庄严灿烂的寺观宝刹来，这若不是唯物的原因又是什么？

从狮子口出来，看了千丈岩，狮子岩，缘山径向东，过树底下有一泓水在的洗钵池，更绕过所谓"树王"的那一棵有十五六抱大的大杉树，行一二里路，就到了更上一层的开山老殿。这自狮子口至开山殿的山腰上的一段路都平坦，老树奇石多极，宽平广大的空基也一块一块的不知有多少，前面说过的西天目古代的寺院，一定是在这一带地方的无疑，开山老殿或者就是狮子正宗禅寺，也说不定。开山殿后轩，挂在那里的一块徐世昌写的"大树堂"大字匾额，想系指"树王"而说的了。实际上，这儿的大树很多，也并不能算得唯一的稀奇景致，西天目的绝景，却在离开山老殿不远，向南突出去的两座岩鼻上头；从这两座岩鼻上看下去的山谷全景，才是西天目的唯一大观；语堂大师到了西天目，而不到此地来一赏附近的山谷全景，与陡削直立的峭壁奇岩，才叫是天下的大错，才叫是 Dichtung 反灭了 Wahrheit[1]！

岩鼻的一支，是从开山殿前稍下向南，凭空拖出约有一里地长的独立奇峰，即和尚们所说的"倒挂莲花"的那一块地方。所谓"倒挂莲花"者，百丈来高的岩石，凌空直立在那里，看起来像一朵莲花。这莲花的背后，更有一条绝壁，约有二百丈高，和莲花的一瓣相对峙，立在壁下向上看出去，只有一线二三尺宽的天，白茫茫地照在上面。莲花石旁，离开几尺的地方，又有一座石台，上面平坦，建有一个八角的亭子。在去这亭子的路东，奇岩一簇，也像是向天的佛手，兀立在深谷的高头。上这佛手指头，去向南一展望，则几百里路内的溪谷，人家，小山，田地，都看得清清楚楚；一条一条的谷，一缕一缕的溪，一陇一坞的田，拿一个譬喻来说，极像是一把倒垂的扇子；扇骨就是由西天目分下去的余脉，扇骨中间的白纸，就是介在两脉之间的溪谷与乡村，还有画在这扇子上面的名画，便是一幅菜花黄桃花红李花白山色树木一抹青青的极细巧的工笔画！

---

1. Wahrheit（德语）：真，现实。

其他的一座岩鼻，就是有一个四面佛亭造在那里的一条绝壁，比"倒挂莲花"位置稍东一点，与"倒挂莲花"隔着一个万丈的深谷，遥遥相对。从四面佛亭向东向南看下去的风景，和在"倒挂莲花"所见到的略同。不过在这一个岩鼻上，可以向西向下看一看西天目山境内的全山和寺院，这也是一点可取的地方。

从四面佛的岩鼻，走回来再向东路上，到半月池。再东去一里，是龙潭（或称龙池），是东关望夫石等地方了，我们因为肚子饿，脚力也有点不继，所以只到了半月池为止。

在开山殿里吃过午饭，慢慢走下山来，走了三五里路，从山腰里向东一折，居然到了四面佛绝壁下的一块平地的上面。这地方名东坞坪，禅源寺的始建者玉林（亦作琳）国师的塔院，就在这里，墓碣题为"三十一世玉琳琇法师之塔院"。

由东坞坪再向西向南的下山，到了五里亭，仍上来时的原路；回到昨晚的宿处禅源寺，已经是午后四点多钟了。重遇见了语堂，大家就都夸大几百倍地说上面风景的怎么好怎么好，不消说在 Wahrheit 上面又加了许许多多的 Dichtung，目的不外乎想使语堂发生点后悔，这又是人性恶的一个证明。但语堂也是一位大 Dichter，哪里肯甘心示弱，于是乎他也有了他的迭希通。

晚上当然仍留禅源寺的客房里宿。

在西天目这禅源寺里花去了两夜和一天，总算也约略地把西天目的面貌看过了，但探胜穷幽，则完全还谈不上。不过袁中郎所说的飞泉、奇石、庵宇、云峰、大树、茶笋的天目六绝，我们也都已经尝到，只因雷雨不作，没有听到如婴啼似的雷声，却是一恨。光旦、增崧辈亦是好胜者流，说："袁中郎总没有看到冰柱！"这话倒真也不错。

西天目禅源寺有田产极多，故而每年收入也不少；檀家的施舍，做水陆的收入，少算算一年中也有十余万元。全山的茅篷，全寺的二三百僧侣，吃饭穿衣是当然不成问题的。至于寺内的组织、和尚的性欲问题等，大约是光旦的得意题目，我在此地，只好略去。

游东天目

三月三十一日，星期六，晴而不朗。

晨八时起床，早餐后，坐轿出禅源寺而东去；渡蟠龙桥，涉朱头陀岭，过旭日峰而下至一谷，沿溪行，是发源于泥岭北坑的东关溪的支流。昨天自"倒挂莲花"看下来的扇中的一谷，就是这里的嘉德前乡等地方，到了此地，我们的一批人马，已成了扇子画上的人物了。天目两山相距约三十余里，自西徂东，经六角岭（俗称）、门岭等险峻石山，然后到东天目西麓的新溪。东山下有一个昭明庵在，下轿小息，看了一块古文选楼的匾额，和一座小小的太子塔，再上山，行十里，就可以看得见东天目昭明禅院的钟楼与分经台。

我们这一次来，系由藻溪下车，先至西天目而倒行上东天目的，若欲先上东天目去，则应在化龙站下车，北行三十里即达。总之，无论先东后西，或先西后东，若欲巡拜这两座名山，而作浙西之畅游者，那一个两山之间的大谷，与三条岭，数条溪，四五个村庄，必须经过。桃李松杉，间杂竹树；田地方方，流水绕之；三面高山，向南低落，南山隐隐，若臣仆之拱北宸，说到这一个东西两天目之间的乡村妙景，倒也着实有点儿可爱。

从昭明庵东上的那一条天目山脚，俗称老虎尾巴。

到五里亭而至一小山之脊。从此一里一亭，盘旋上去，经过拼虎石、碎玉坡而至螺蛳旋的路侧，就看得见东面白龙池下的那个东崖瀑布了。这瀑布悬两峰之间，老远看过去，还有数丈来高，瀑声隐隐若雷鸣，但可望而不可即，我们因限于日期，不能慢慢地去寻幽探险，所以对于这东崖瀑布，只在路上遥致了一个敬礼。

螺蛳旋走完，向一支山角拐过，就到了东天目山门外的西岭垂虹，实在是一幅画样的美景。行人到此，一见了这银河落九天似的飞瀑，瀑身左右的石壁，以及瀑流平处架在那里的桥亭——名垂虹桥亭——总要大吃一惊，以为在如此高高的高山中，哪里会有这样秀丽、清逸、缥缈的瀑布和建筑的呢？我们这一批难民似的游山者，到了瀑布潭边，就把饥饿也忘了，疲倦也丢了，文绉绉的诗人模样做作也脱了；蹲下去，跳过来，竟大家都成了顽皮的小孩，天生的蛮种，完全恢复了本来的面目。等到先到寺里的几位招呼我们的人出来，叫我们赶快去吃午饭的时候，我们才一步一回头地离开了那一条就在山门西面的悬崖瀑布。

离瀑布，过垂虹，拾级而登，在大树夹道的山门内径上走里把来路，再上一层，转一个弯，就到了昭明禅院的内殿。我们住的客堂，亦即方丈打坐偃息之房，是在殿的后面东首，系沿崖而筑的一间山楼。山房清洁高敞，红尘飞不到，云雾有时来，比之西天目，规模虽略小，然而因处地高，故而清静紧密，更胜一筹。东天目并且自己还有发动机。装有寺内专用的电灯，这一点却和普陀的那个大旅馆似的文昌阁有点相像。方丈德明，年轻貌慧，能经营而善交际，我们到后，陪吃饭，陪游山，谈吐之间，就显露出了他的尽可以做得这一区名山的方丈的才能。

查这昭明禅院的历史（见《东山志》），当然是因昭明太子而来。梁大同间，僧宝志——即志公——飞锡居之。元末毁，明洪武二十年重建，万历初又毁，清康熙年间，临安黄令倡缘新之。洪杨时，当然又毁灭了，后此的修者不明，若去一看现存的碑记，自然可以明白。寺的规模，虽然没有西天目禅源寺那么的宏大，然天王殿、韦驮阁、大雄宝殿、藏经阁等，无不应有尽有。可惜藏经阁上，并不藏经，是一座四壁金黄的千佛阁，乡下人称百子堂，在寺的西面。此外则僧寮不多，全山的茅篷，仰食于总院者，也只有寥寥的几个，因以知此寺寺产定不如西天目的富而且广，不过檀主的施舍，善男信女的捐助，一年中也定有可观，否则装电灯，营修造的经费，将从何处得来呢？

吃过午饭，我们由方丈陪伴，就大家上了西面高处的分经台。台荒寺坏，现在只变了一个小小的茅篷。分经台西侧，行五十余步，更有一个葛稚川的炼丹池，池上也有茅篷一，修道僧一。到了分经台，大家的游兴似乎尽了，但我与金镰甫、吴宝基、徐成章三位先生，更发了痴性，一定想穷源探底，上一上这东天目的极顶。因为志书上说，西天目高三千五百丈，东天目高三千九百丈，一置身在东天目顶，就可以把浙江半省的山川形势，看得彻底零清，既然到了这十分之八的分经台上，那又谁肯舍此一篑之功呢！和方丈及同来的诸先生别去后，我们只带了一位寺里的工人做向导，斩荆披棘，渡石悬崖，在荒凉的草树丛中，泥沙道上，走了两个钟头，方才走到了那一座东天目绝顶的大仙峰上。

据陪我们去的那一位工人说，仙峰绝顶，常有云雾罩着，一年中无几日清。数年前，山中树各大数围，直连至山顶，故虎豹猴儿之属，都栖息其间。后为野火所焚，全山成焦土，从此后，虎豹绝迹，而林木亦绝。我们听了他的话，心里倒也有点儿害怕。因为火烧之后，大树虽只剩了许多枯干，直立在山头，但烧不尽的茅草，野竹之类，已长得有一人身高，虎豹之类，还尽可以藏身。爬过大仙峰后，地下尽是暗水，草丛中湿得像在溪边一样，工人说，这是上面龙潭里流出来的水，虽大旱亦不涸。爬得愈高，空气也愈稀薄，因之大家都急喘得厉害；到了仙缘石上，四面的景色一变，我们四人的兴致，于是更勃发了起来。

这仙缘石，是大仙峰龙潭下的一块数百丈宽广的大石。奇形怪状的岩壁洞窟，不计其数。仙缘石顶，正当那一座峭壁之下，就是龙潭。虽系石壁中小小的一方清水，但溢流出去，却能助成东西两瀑布的飞沫银涛，乡下人的要视此为神，原也不足怪了。并且《东山志》上，还记有昔人曾在此石上遇仙的故事，故而后人题诗，有将此石比作刘阮的天台的。但我们却既不见龙，又不遇仙，只在仙缘石东首的一块像狮子似的岩石上那株老松——这松树也真奇怪，大火时并未焚去——之下，坐了许多时候。山风清辣，山气沉寂，在这孤松下坐着息着，举目看看苍空斜日，和周围的万壑千岩，虽则不能仙去，各人的肚里，却也回肠荡气，有点儿飘飘然像喝醉了酒。

从仙缘石再上百余步，是大仙峰的绝顶了。东望钱唐，群山之下，有一线黄流，隐约返映在夕照之中。背后北面，是孝丰的境界，山色浓紫，山头时有人家似的白墙一串一串地在迷人眼目，却是未消尽的积雪。大仙峰顶，因为面南受阳光独多，所以雪早已融化了，且这一日风大，将蒸气吹散，故而也没有云雾。西望西天目山，只是黑沉沉的一片，远望过去，比大仙峰也并不低，因以知志书上所说的东天目比西天目高四百丈的话的不确。但上大仙峰来一看，群山的脉络，却看得很清，郭景纯所记的"天目山前两乳长，龙飞凤舞到钱唐，海门更点巽峰起，五百年间出帝王"的这首诗谜，也约略有点儿解得通了。

大仙峰南面，有一个石刻的龙王像摆在乱石堆成的一小龛里，我们此来，原非为了求雨，但大约是因为难得再来的关系吧，各人于眺望之余，竟都恭恭敬敬地跪了下去，行了一个九拜之礼；临去时，并且还向龙王道了声珍重，约下了后会。

在下山来的中间，慢慢儿地走着谈着，又向南看看自东天目分下去的群峰，我却私私地想好了几句打油腔，预备一回到杭州，就可以去缴卷消差：

二月春寒雪满山，高峰遥望皖东关。

西来两宿禅源寺，为恋林间水一湾。

这是宿西天目禅源寺的诗。

武帝情深太子贤，分经台上望诸天。

自从兵马迎归后，寂寞人间五百年。

这是今天上分经台的诗。

仙峰绝顶望钱唐，凤舞龙飞两乳长。

好是夕阳金粉里，众山浓紫大江黄。

这是登大仙峰顶望钱塘江的诗。

晚上在昭明禅院的客堂里，翻阅了半夜《东山志》，增嘏把徐文长的一首"天目高高八百寻，夜来一榻抱千岑。长萝片月何妨挂，削石寒潭几度深。芋子故烧残叶火，莲花卑视大江心。明朝欲借横空锡，飞度西山再一临"律诗抄了下来，我只抄了几个东天目八景的名目：一、仙峰远眺；二、云海奇观；三、经台秋风；四、平溪夜月；五、莲花石座；六、玉剑飞桥；七、悬崖瀑布；八、古殿栖云。

出昱岭关记

一九三四年三月末日，夜宿在东天目昭明禅院的禅房里。四月一日侵晨，曾与同宿者金钱甫、吴宝基诸先生约定，于五时前起床，上钟楼峰上去看日出，并看云海。但午前四时，因口渴而起来喝茶，探首向窗外一望，微云里在落细雨，知道日出与云海都看不成了，索性就酣睡了下去，一觉竟睡到了八点。

早餐后，坐轿下山，一出寺门，哪知就掉向云海里去了；坐在轿上，看不出前面那轿夫的背脊，但闻人语声，鸟鸣声，轿夫换肩的喝唱声，瀑布的冲击声，从白茫茫一片的云雾里传来；云层很厚实，有时攒入轿来，扑在面上，有点儿凉阴阴的怪味，伸手出去拿了几次，却没有拿着。细雨化为云，蒸为雾，将东天目的上半山包住，今天的日出虽没有看成，可是在云海里飘泊的滋味却尝了一个饱。行至半山，更在东面山头的雾障里看出了一圈同月亮似的大白圈，晓得天又是晴的，逆料今天的西行出昱岭关去，路上一定有许多景色好看。

从原来的路上下山，过老虎尾巴，越新溪，向西向南走去，云雾全收，那一个东西两天目之间的谷里的清景，又同画样的展开在目前。上一小岭后，更走二十余里，就到了于潜的藻溪，盖即三日前下车上西天目去的地点，距西天目三十余里，去东天目约有四十里内外；轿子到此，已经是午后一点的光景，肚子饿得很，因而对于那两座西浙名山的余恋，也有点淡薄下去了。

饭后上车，西行七十余里，入昌化境，地势渐高，过芦岭关后，就是昱岭山脉的盘踞地界了；车路大抵是一面依山，一面临水的。山系巉岏古怪的沙石岩峰，水是清澄见底的山泉溪水。偶尔过一平谷，则人家三五，散点在杂花绿树间。老翁在门前曝背，小儿们指点汽车，张大了嘴，举起了手，似在大喊大叫。村犬之肥硕者，有时还要和汽车赛一段跑，送我们一程。

在未到昱岭关之先，公路两岸的青山绿水，已经是怪可爱的了。语堂并且还想起了避暑的事情，以为挈妻儿来这一区桃花源里，住它几日，不看报，不与外界相往来。饥则食小山之薇蕨，与村里的牛羊，渴则饮清溪的淡水。日当中午，大家脱得精光，入溪中去游泳。晚上倦了，就可以在月亮底下露宿，门也不必关，电灯也可以不要，只教有一支雪茄，一张行军床，一条薄被，和几册爱读的书就好了。

"像这一种生活过惯之后，不知会不会更想到都市中去吸灰尘，看电影的？"语堂感慨无量地在自言自语，这当然又是他的 Dichtung 在作怪。前此，语堂和增嘏、光旦他们，曾去富春江一带旅行；在路上，遇有不适意事，语堂就说："这是 Wahrheit！"意思就是在说"现实和理想的不能相符"，系借用了歌德的书名，而付以新解释的；所以我们这一次西游，无论遇见什么可爱可恨之事，都只以 Wahrheit 与 Dichtung 两字了之；语汇虽极简单，涵义倒着实广阔，并且说一次，大家都哄笑一场，不厌重复，也不怕烦腻，正像是在唱古诗里的循环复句一般。

车到昱岭关口，关门正在新造，停车下来，仰视众山，大家都只嘿然互相默视了一下；盖因日暮途遥，突然间到了这一个险隘，印象太深，变成了 Shock，惊叹颂赞之声自然已经叫不出口，就连现成的 Dichtung 与 Wahrheit 两字，也都被骇退了。向关前关后去环视了一下，大家松了一松气，吴徐两位，照了几张关门的相之后，那种紧张的气氛，才兹弛缓了下来。于是乎就又有了说，有了笑，同行中间的一位，并且还上关门边上去撒了一抛溺，以留作过关的纪念碑。

出关后，已入安徽绩溪歙县界，第一个到眼来的盆样的村子，就是三阳坑。四面都是一层一层的山，中间是一条东流的水。人家三五百，集处在溪的旁边，山的腰际，与前面的弯曲的公路上下。溪上远处山间的白墙数点，和在山坡食草的羊群，又将这一幅中国的古画添上了些洋气，语堂说："瑞士的山村，简直和这里一样，不过人家稍为整齐一点，山上的杂草树木要多一点而已。"我们在三阳坑车站的前头，那一条清溪的水车磨坊旁边，西看看夕阳，东望望山影，总立了约有半点钟之久，还徘徊而不忍去；倒惊动得三阳坑的老百姓，以为又是官军来测量地皮，破坏风水来了，在我们的周围，也张着嘴瞪着眼，绕成了一个大圈圈。

从三阳坑到屺梓里，二三十里地的中间，车尽在昱岭山脉的上下左右绕。过了一个弯，又是一个弯，盘旋上去，又盘旋下来，有时候向了西有时候又向了东。到了顶上，回头来看看走过的路和路上的石栏，绝像是乡下人于正月元宵后，在盘的龙灯。弯也真长，真曲，真多不过。一时入一个弯去，上视危壁，下临绝涧，总以为前不见古人，后不见来者，这车非要穿入山去，学穿山甲，学神仙的土遁，才能到得徽州了。谁知门头一转，再过一个山鼻，就又是一重天地，一番景色。我先在车里默数着，要绕几个弯，过几条岭，才到得徽州，但后来为周围的险景一吓，竟把数目忘了，手指头屈屈伸伸，似乎有了十七八次；大约就混说一句二三十个，想来总也没有错儿。

在这一条盘旋的公路对面，还有一个绝景，就是那一条在公路未开以前的皖浙间交通的官道。公路是开在溪谷北面的山腰，而这一条旧时的大道，是铺在溪谷南面的山麓的。从公路上的车窗里望过去，一条同银线似的长蛇小道，在对岸时而上山，时而落谷，时而过一条小桥，时而入一个亭子，隐而复见，断而再连；还有成群的驴马，肩驮着农产商品，在代替着沙漠里的骆驼，尽在这一条线路上走；路离得远了，铃声自然是听不见，就是捏着鞭子，在驴前驴后，跟着行走的商人，看过去也像是画上的行人，要令人想起小时候见过的钟馗送妹图或长江行旅图来。

过屺梓里后，路渐渐平坦，日也垂垂向晚，虽然依旧是水色山光，劈面地迎来，然而因为已在昱岭关外的一带，把注意力用尽了，致对车窗外的景色，不得已而失了敬意。其实哩，绩溪与歙县的山水，本来也是清秀无比，尽可以敌得过浙西的。

在苍茫的暮色里，浑浑然躺在车上，一边在打瞌睡，一边我也在想凑集起几个字来，好变成一件像诗样的东西；哼哼读读，车行了六七十里之后，我也居然把一首哼哼调做成了：

　　盘旋曲径几多弯，历尽千山与万山。
　　外此更无三宿恋，西来又过一重关。
　　地传洙泗溪争出，俗近江淮语略蛮。
　　只恨征车留不得，让他桃李领春闲。

题目是《出昱岭关，过三阳坑后，风景绝佳》。

晚上六点前后，到了徽州城外的歙县站。入徽州城去吃了一顿夜饭，住的地方却成问题了，于是乎又开车，走了六七十里的夜路，赶到了归休宁县管的大镇屯溪。屯溪虽有"小上海"的别名，虽也有公娼私娼戏园茶馆等的设备，但旅馆究竟不多；我们一群七八个人，搬来搬去，到了深夜的十二点钟，才由语堂、光旦的提议，屯溪公安局的介绍，租到了一只大船，去打馆宿歇。这一晚，别无可记，只发现了叶公秋原每爱以文言作常谈，于是乎大家建议，"做文须用白话，说话须用文言"，这条原则通过以后，大家就满口的之乎也者了起来，倒把语堂的 Dichtung und Wahrheit 打倒了；叶公的谈吐，尤以用公文成语时，如"该大便业已撒出在案"之类，最为滑稽得体云。

一九三四年四月十八日

屯溪夜泊记

　　屯溪是安徽休宁县属的一个市镇，虽然居民不多（人口大约最多也不过一二万），工厂也没有，物产也并不丰富，但因为地处在婺源、祁门、黟县、休宁等县的众水汇聚之乡，下流成新安江，从前陆路交通不便的时候，徽州府西北几县的物产，全要从这屯溪出去，所以这个小镇居然也成了一个皖南的大码头，所以它也就有了"小上海"的别名。"生意兴隆通四海，财源茂盛达三江"，这一副最普通的联语，若拿来赠给屯溪，倒也很可以指示出它的所以得繁盛的原委。

　　我们的飘泊到屯溪去，是因为东南五省交通周览会的邀请，打算去白岳黄山看一看风景；而又蒙从前的徽州府现在的歙县县长的不弃，替我们介绍了一家徽州府里有名的实在是龌龊得不堪的宿夜店，觉得在徽州是怎么也不能够过夜了，所以才夜半开车，闯入了这"小上海"的屯溪市里。

虽则是小上海，可究竟和大上海有点不同，第一，这小上海所有的旅馆，就只有大上海的五万分之一。我们在半夜的混沌里，冲到了此地，投各家旅馆，自然是都已经客满了，没有办法，就只好去投奔公安局（这公安局却是直系于省会的一个独立机关，是屯溪市上，最大并且也是唯一的行政司法以及维持治安的公署，所以尽抵得过清朝的一个州县），请他们来救济，我们提出的办法，是要他们去为我们租借一只大船来权当宿舍。

这交涉办到了午前的一点，才兹办妥，行李等物，搬上船后，舱铺清洁，空气通畅，大家高兴了起来，就交口称赞语堂林氏有发明的天才，因为大家搬上船上去宿的这一件事情，是语堂的提议，大约他总也是受了天随子陆龟蒙或八旗名士宗室宝竹坡的影响无疑。

浮家泛宅，大家连床接脚，在篾篷底下，洋油灯前，谈着笑着，悠悠入睡的那一种风情，倒的确是时代倒错的中世纪的诗人的行径。那一晚，因为上船得迟了，所以说废话说不上几刻钟，一船里就呼呼地充满了睡声。

第二天，天下了雨，在船上听雨，在水边看雨的风味，又是一种别样的情趣。因为天雨，旅行当然是不行，并且林潘全叶的四位，目的是只在看看徽州，与自杭州至徽州的一段公路的白岳黄山，自然是不想去的了，只教天一放晴，他们就打算回去，于是乎我们便有了一天悠闲自在的屯溪船上的休息。

屯溪的街市，是沿水的两条里外的直街，至西面而尽于屯浦，屯浦之上是一条大桥，过桥又是一条街，系上西乡去的大路。是在这屯浦桥附近的几条街上，由他们屯溪人看来觉得是完全毛色不同的这一群丧家之犬，尽在那里走来走去的走。其实呢，我们的泊船之处，就在离桥不远的东南一箭之地，而寄住在船上，却有两件大事，非要上岸去办不可，就是，一、吃饭；二、大便。

况且，人又是好奇的动物，除了睡眠、吃饭、排泄以外，少不得也要使用使用那两条腿，于必要的事情之上，去做些不必要的事情；于是乎在江边的那家饭馆延旭楼即紫云馆，和那座公坑所，当然是可以不必说，就是一处贩卖破铜烂铁的旧货铺，以及就开在饭馆边上的一家假古董店，也突然地增加了许多顾客。我在旧货铺里，买了一部歙县吴殿麟的《紫石泉山房集》，语堂在那家假古董店里，买了些桃核船、翡翠、琥珀，以及许多碎了的白瓷。大家回到船上研究起来，当以两毛钱买的那些点点的瓷片，其中有一条三角形的尖粽而带着微有曲线的白柄者，一定是国货的小脚；这些碎瓷，若不是康熙，总也是乾隆，说不定，恐怕还是前朝内府坤宁宫里的珍藏。仔细研究到后来，你一言，我一语，想入非非，笑成一片，致使这一个水上小共和国里的百姓们，大家都堕落成了群居终日，专为不善的小人团。

早午饭吃后，光旦、秋原等又坐了车上徽州去了，语堂、增嘏，歪身倒在床上看书打瞌睡，只有被鬼附着似的神经质的我，在船里觉得是坐立都不能安，于是乎只好着了雨鞋，张着雨伞，再上岸去，去游屯溪的街市。

雨里的屯溪，市面也着实萧条。从东面有一块枪毙红丸犯处的木牌立着的地方起，一直到西尽头的屯浦桥附近为止，来回走了两遍，路上遇着的行人，数目并不很多，比到大上海的中心街市，先施、永安下那块地方的人海人山，这小上海简直是乡村角落里了。无聊之极，我就爬上了市后面的那一排小山之上，打算对屯溪全市，做一个包罗万象的高空鸟瞰。

市后的小山，断断续续，一连倒也有四五个山峰。自东而西，俯瞰了屯溪市上的几千家人家，以及人家外围，贯流在那里的三四条溪水之后，我的两足，忽而走到了一处西面离桥不远的化山的平顶。顶上的石柱石磉石梁，依然还在，然而一堆瓦砾，寸草不生，几只飞鸟，只在乱石堆头慢声长叹。我一个人看看前面天主堂界内的杂树人家，和隔岸的那条同金字塔样的狮子（俗称扁担）石山，觉得阴森森毛发都有点直竖起来了，不得已就只好一口气地跳下了这座在屯溪市是地点风景最好也没有的化山。后来上桥头的酒店里去坐下，向酒保仔细一探听，才晓得民国十八年的春天，宋老五带领了人马，曾将这屯溪市的店铺民房，施行了一次火洗，那座化山顶上的化山大寺，也就是于这个时候被焚化了的。那时候未被烧去而仅存者，延旭楼的一间三层的高阁和天主堂内的几间平房而已。

在酒店里，和他们谈谈说说，我只吃了一碟炒四件，一斤杂有泥沙的绍兴酒，算起账来，竟被敲去了两块大洋。问"何以会这么的贵"？回答说"本地人都喝的歙酒，绍兴酒本来是很贵的"。这小上海的商家，别的上海样子倒还没有学好，只有这一个欺生敲诈的门径，却学得来青胜于蓝了，也无怪有人告诉我说，屯溪市上无论哪一家大商店，都有讨价还价，就连一盒火柴，一封香烟，也有生人熟面的市价的不同。

傍晚四五点的时候，去徽州的大队人马回来了，一同上延旭楼去吃过晚饭，我和秋原、增嘏、成章四人，在江岸的东头走走，恰巧遇见了一位自上海来此的像白相人那样的汽车小商人。他于陪我们上游艺场去逛了一遍之余，又领我们到了一家他的旧识的乐户人家。姑娘的名号现在记不起来了，仿佛是翠华的两字，穿着一件黑绒的夹袄，镶着一个金牙齿，相貌倒也不算顶坏。听了几出徽州戏，喝了一杯祁门茶后，出到了街上，不意兜头又遇见了三位装饰时髦到了极顶、身材也窈窕可观的摩登美妇人。那一位引导者，和她们也似乎是素熟的客人，大家招呼了一下走散之后，他就告诉了我们以她们的身世。她们的前身，本来是上海来游艺场献技的坤角，后来各有了主顾，唱戏就不唱了。不到一年，各主顾忽又有了新恋，她们便这样的一变，变作了街头的神女。这一段短短的历史，简单虽也简单得很，但可惜我们中间的那位江州司马没有同来，否则倒又有一篇《琵琶行》好作了。在微雨黄昏的街上走着，他还告诉了我们这里有几家头等公娼，几家二等花茶馆，几家三等无名窟，和诨名"屯溪之王"的一家半开门。

回到了残灯无焰的船舱之内，向几位没有同去的诗人们报告了一番消息，余事只好躺下去睡觉了，但青衫憔悴的才子，既遇着了红粉飘零的美女，虽然没有后花园赠金，妓堂前碰壁的两幕情景，一首诗却是少不得的；斜依着枕头，合着船篷上的雨韵，哼哼唧唧，我就在朦胧的梦里念成了一首：

新安江水碧悠悠，两岸人家散若舟。

几夜屯溪桥下梦，断肠春色似扬州。

的七言绝句。这么一来，既有了佳人，又有了才子，煞尾并且还有着这一个有诗为证的大团圆，一出屯溪夜泊的传奇新剧本，岂不就完全成立了么？

一九三四年五月

一九三四年三月二十九日，应东南五省周览会之约，出发西游；去临安，去于潜，宿东西两天目，出昱岭关，止宿安徽休宁县属屯溪船上，为屯浦桥下浮家之客：行尽六七百里路程，阅尽浙西皖东山水，偶一回忆，似已离家得很久了，但屈指计程，至四月三日去白岳为止，也只匆匆五六日耳。"山中方七日，世上已千年"，诗人的感觉的确要比我们庸人灵敏一点！

同来者八人，全增嘏、林语堂、潘光旦、叶秋原四位，早已游倦，急想回去，就于四月三日的清晨，在休宁县北门外分手：他们坐了我们一同自屯溪至休宁之原车回杭州，我们则上轿，去城西三十里外的白岳齐云游。

休宁，秦汉时附于歙县，晋改海阳海宁，隋时始称休宁，其间也曾作过州治，所以城的规模颇不小。我们自北门的梦门进，当街市的正中心拐弯，向西门的齐宁门出，在县城内正走了西瓜的四平开之一分的直角路，已经花去了将近四五十分钟的时间，统计起来，穿城约总有七八里地的直径无疑。

一出西门，就是一条大桥，系架在自榔木岭、松萝山、齐云山流下来的溪上的：滚滚清溪，东流下去，便成了浙水之源之一；在桥上俯视了一下，倒很想托它带个信去，告诉告诉浙中的亲友，说某年某月某日某时，曾在休宁城外，与去齐云山的某某上下外叉相会。

过五里亭，过蓝渡，路旁小山溪流极多，地势也在逐渐逐渐地西高上去，十一点半，到了白岳齐云的脚下。齐云山的香市，以九月为最旺，自秋至冬，迄正月而歇尽。所以山上庙宇房头及店铺之类，虽也有百家内外，但非当香市，则都空着无人居住。我们的中饭，本来是打算上山去吃的，忽而心血来潮，觉得山脚下那个小村子里的饭店，也可以一饱，于是就决定吃了上山，后来到山上去一见许多空屋，才晓得这预感却是玉灵官在那里显灵。

我们平常，总只说黄山、白岳，是皖南的名山。而休宁人，除读书识掌故者外，一般百姓，都不知白岳，只晓得齐云。其实白岳齐云，是连在一起的许多山的两个名字。白岳山中的一处，名齐云岩，以后山上敕建道观，又适在这齐云岩下，明清五六百年下来，香火一直到现在未绝，一般老百姓的只知道有齐云，不知道有白岳，原因就在这里。康熙年间的《休宁县志》说：

白岳山在县西三十里，高三百仞，周二十五里，游齐云者，必先登此。

又说：

齐云岩，在白岳西北，高三百五十仞，周围数十里。

明嘉靖丙辰（西历一五五六年，亦即赵文华视师江南之岁），世宗以祈祷有灵改曰齐云山，敕建太素宫。……

看了这两段记载，大约白岳齐云的所以要打混，与未曾到过的人，每要把一处当做两处看的疑团，总也可以冰释了吧？

饭后从北麓上山，石级蜿蜒曲绕。登山将五十步，过一亭为步云亭，亭后，矗立着一块五六丈高的大石碑，上刻"齐云仙境"的四大字，工整匀巧，不识是何人的手笔。山路两旁，桃花杂树很多，中途的一簇古松尤奇而可爱；在寂静的正午太阳光下，一步一步地上去，过古松、望仙等亭，人为花气所醉，浑浑然似在做梦；只有微风所惹起的松涛，和采花的蜂蝶的鸣声，时要把午梦惊醒，此外则山静似太古，不识今是何世，也不晓得自己的身子，究竟到了什么地方。

到一座小岭脊的中和亭（或为真气亭）后，梦就非醒不可，因从这亭子前向北一回望，来路曲折就在目下，稍远是菜花满地的平楚千顷，更远就是那条数溪汇聚的夹源夹溪了，水色蔚蓝，和四面的农村花树，成了一个最美也没有的杂色对称。走出这亭子的南檐，向前面望去，先是一个半圆的幽谷，在这大大的半圆圈里，南尽头沿山有一条石栏小路，和几座不连接的道观禅房；与这一条小路相对，当半圆的这面，就在亭子的南脚下，更有一条雁齿似的堤路，两面是栏杆，中间是桥洞，弯环复与山路相接，是西去上齐云的便道。壁立在这半圆圈上的高峰，西南东三面，是石门岩、密多岩、忠烈岩、真栖岩、拱日峰等。山势飞动，石岩伟巨，初从山下慢慢走上来的人，一到此地，总不得不大吃一惊，因为平常的山里，绝没有这一种巨大的石岩，尤其是从白岳山脚下上来的时候，绝不会预想到将看见这一种伟大的石山的。这一区，就是白岳山的境界，所谓"游齐云者必先登此"的地方。中和亭（真气亭）内还有一块万历的碑立在那里，亭东首也有一个庙在，我们因为要去看的地方正还多着，所以碑文也没有工夫念，庙里也不曾进去。

沿山走上南去，先到了洞天福地的那一个庙里。据志书之所载，则为无心道人黄上舍国瑞之所筑；然在同一项下，又有一段记载："明嘉隆间，有一数百岁人居此，坐卧石床，无姓名，不立文字，人第称为邋遢仙，后化去，然有自峨眉归者，谓又在山中见之。"观此，则洞天福地境内真身洞中的那座坟，或者是邋遢仙人的遗蜕也说不定，因为坟的两旁，还各有一座石床置在那里，石床上并且还各摆着了三四个大约是施舍的铜元。

自真身洞西去。接连着有雷祖、圣帝、通明等殿，都已坍毁不堪，殿外谷中，溪水不断在流，志书上所说的桃花涧，大约总就在这些地方。

我们到了白岳，看见了许多奇岩怪石，已经是不想走了：同来的吴徐两位，更是这里照一相、那里摄一影地费去了许多底片。殊不知西上一山，进了天门，再下去入齐云境后，样子更是灵奇伟大，到了不可思议的地步，致吴徐二君大生后悔，说："片子带得太少了。"

拱日峰下的天门，奇峰突起，底下就是一个像一扇天然的门似的石洞。穿此洞而南下，沿山壁走去，尽是一个个的大洞和一座座的峭壁，真仙洞、圆通岩、雨君洞、珍珠帘、文昌宫、玄芝洞，等等，名目也真多，景致也真怪，地方也实在真好不过。

圆通岩前，有顺治三年石碑二，立在洞的两旁。碑身薄而石刻很深，字迹秀丽非凡。拾小石击碑，当当作钟磬之音，所以两碑的当中，各已经穿成了一个大洞，碑上的诗句，早就塌不完全了。这和未倒之先的雷峰塔脚，被烧香客挖掘，谓泥石可以治病事一样的为迷信之害；象以齿毙，膏用明煎，人之有一特点而致亡身者，睹此应生感慨。圆通洞，本不甚深，中供何神，亦不曾进去细看，实在因为这一带的神像、碑版、石刻、古器等太多了，身入此间，像到了一处古物陈列所，五花八门，目眩神昏，看也看不得许多，记也记不到底的。

真仙洞（徐霞客所记的罗汉洞即在此处），最深最广，洞中的佛像也最多，四壁石龛内，并且还有许多就壁刻成的石佛，层层排列在那里。在从前，这一带地方，似乎统呼做真仙洞的，以后好事者多，来游者众，道士们也想设法多骗取一点游客的香金，所以就在这一区像罗马的斗兽场似的大半圆石壁的四周，刻上了许多的名字，供起了不少的神像。

珍珠帘，是一座百丈来高的斜覆出去的巨岩，岩下也安置着佛座神堂，空广深幽，是天然的一间高大的石屋。百丈高的石檐上，一排数丈，点点滴滴，不论晴雨，不分四时，时有珍珠似的水滴在往下落。因为岩之高，幅的广，第一滴下来，尚未及半空，第二滴就又继续滴下来了，看起来真像是一层自然的珍珠帘幕，罩在面前。这些珍珠水滴，积少成多，在岩下的大石层中，汇成一大水池，即所谓碧莲池者是。

自珍珠帘沿着半圆的巨壁向西绕去就是文昌宫、玄芝洞、雨君洞等处所。凡沿碧莲池的这半圆圈上，约里把来路的中间，一处一处的名目，还不止这几个，而嵌在壁上的石碣，立在壁前的古碑，以及壁头高处，摩崖刻着的擘窠大字，若一一收录起来，我想总有一部伟大的《齐云金石志》好编（鲁丁两氏的《齐云山志》，因不曾见到，所以关于金石一类，无从记起），这些只好让专门家去搜集，现在这里只提起一件，就是文昌宫前，有明嘉靖年间的大石碑四块，还比较得完整，上面刻着的，是大学士元峰袁翁的律诗四首。

真仙洞附近碧莲池上的这大半圆圈绕过之后，又隔一高岭，再进一重门，拾级抄拱日峰侧南上去，是齐云岩下的正殿太素宫的区域了，到了这里，四面的景色，又突然地一变；愈出愈奇，更变更妙的文章作法，在这齐云仙境的景色里，正可以领悟得出来：可惜我们都是俗骨，没有福分在这里多住几天，来鉴赏这篇奇文，走马看花，只好算是匆匆地做了一个游仙之梦。

去正殿太素宫的路，更加曲折，是一个狭长的英文字母 C 的样子。太素宫向北建在 C 字的正中背上，前面缺处，深谷中突起一峰，也是一座百丈来高的锥形石山，为香炉峰。太素宫后的一排石嶂，正中就是齐云岩，峰名玉屏峰，左峰为石鼓，右峰为石钟。石钟峰之右，向西直去，为隐云、浮云、仙鹊、展旗等峰。石鼓之左，向东这一边，为碧霄、石林、拱日等峰。我们上正殿，系从拱日峰下顺着C字底下的狭长半圆弯过去的，走了二三里路，方到了太素宫的正门，清初建的一座牌坊之下。路的两旁，尽是些第几第几房，什么什么殿的背依危岩，门临绝涧的二三层楼的建筑物，也有开店的，也有供香客住宿的，间阎扑地，屋栋连云，数目总约有百家内外。现在这些住屋，却都空着，寂寂不见一人，但据陪我们上山的轿夫们说，则这百数家人家，当香市盛日，还不够供一半香客们的住宿。秋收完后，四方赶来参拜的善男信女的热心，真可惊叹，真可佩服，也无怪从前的专制皇帝要假神道来设教了。

齐云山正殿境内的山峰，总括一句是奇特伟大。我们自山脚，走至太素宫，已有七八里路的高了，然而突出在太素宫上的诸峰，绝壁千丈，仰起头来看看，似乎还有五六里路的高度，到此地来一看，才知道《安徽通志》上所说的"层峦刺天，云烟万状"等语句，绝不是文人的夸大之辞。去年我曾到过浙东的方岩，那时候见了寿山五峰的天然金字塔样的石岩，以为总是天下无双了，现在又到了这齐云的境内，才觉得方岩附近的石山，还没有这儿的一半高，而此处山势的错综复杂，更非三峰之罗列在一排者可比。

太素宫，是明嘉靖年间敕建的道观，已在前面说起过了，中供玄天上帝，庙貌雄丽，诚如《徐霞客游记》上之所说；但尤其使我们诧异的，是这道观内的钟鼎香炉，铜器石器之类，都还是明朝万历、崇祯的旧物，丝毫也没有损坏。不过那一尊所谓百鸟衔泥所成之宋代玄帝像，现在却颜色鲜艳，不像旧时的鳌黑了。推想起来，大约清朝入关，这一块地方，总还没有糜烂，洪杨兵乱，此地总也保全了的无疑。凡此种种，都是使老百姓不得不确信齐云圣帝的灵异的证据，因而民间的传说，也连枝带叶地簇生了出来。传说中的最普遍的一段，是关于明刚峰先生海忠介公的。

海瑞因闻齐云山圣帝之灵，来此进香，然而走了半日却走不上山：后经道士点破，以为圣帝菩萨在嫌海公脚上的皮靴是荤的，所以如此，忠介公不得已，只能将革履脱去。及上至正殿，海公看见了殿右的皮制大鼓，就题诗反问，鼓忽自破。从此后，圣帝菩萨命王灵官密随海公，伺有过失，即击杀之。王灵官暗伺三年，及见海公在荒郊无人处，私食一地上之瓜，而系钱数十文于瓜藤之上，便回去复命，以为对这一位慎独不欺的刚峰先生，终是无隙可乘的。

这一段传说，当然是无稽之谈，不过在徽州一带流行的另外一个关于唐越国公汪华的灵验传说，却是可以当做这附近当清兵入关时并未受糜烂的证据的，顺便在此地重述一道，或者也可以供研究史实者的参考。

顺治丙戌，清兵破徽州，总督张天禄，梦见一红面长髯者前来告诫曰："毋伤我百姓！"梦觉以为关公在显灵。及至汪王庙，见了汪王神像，与梦中所见者酷似，张天禄始大惊异，于是乎徽州一带的人民，就得保全了。

吴王汪华，当隋季的乱世，能保境安民，宣杭睦婺饶的五州，卒赖以平安者十余年，至唐武德四年甲子月降唐，仍为歙州刺史，他的关怀民命，造福桑梓的功德，与钱武肃王原可以后先媲美于东南，或者神灵不泯，突然会向嗜杀的军阀显一显圣，也说不定。这传说的第二幕，并且还说顺治己亥，当唐士奇之乱时，汪王亦曾同样的有过灵异。不过玄天上帝，会对海瑞显那些不必要的灵，且又度量狭小，会因破了一鼓而谋报复，却有点说不过去了。这些传说，原只好"姑妄言之，姑妄听之"而已，何况海瑞的有没有到过齐云，还是一个问题哩！此外则白岳齐云的对于求子，特别有灵的故事，也值得一提。所以明人李日华有很风雅的自浙江来礼白岳之记，而袁中郎有只求几个年轻美貌而不育之妾之祷。

站在太素宫正门外的牌坊底下，向北展望过去，在有一个亭，一个香炉，并有一条铁链系着使人可作攀援之助的香炉峰后，远远看得出一排高低起伏，状如海浪似的青山。山峰中间的一个，头有点儿略向东歪的，据说是黄山的最高峰。我们此来目的是为了想去黄山，但因天寒雪尚未消，同来者也都已游倦之故，黄山的能不能去，早成了问题，因而不知不觉，我就在齐云岩下，遥对着这百余里外的歪头山，竟发了大半天的呆。等到顺辇路峰向西走去的三位同游者，大声狂叫着说"这儿西面的风景还要好哩！快来！快来！"的时候，我的游黄山的梦也被惊醒了，急忙赶上去一看，果然觉得西面的层岩绝壁，还要高，还要复杂。并且太阳也已经斜到了离西面各山峰不远几尺的地步，我们今天还非得赶回休宁，赶回屯溪去宿不可，黄山当然是不必提起，就是这齐云之西的三姑、五老、独耸、天柱诸峰，以及西天门外的九井桥岩、傅岩诸胜景，也只得割爱了，一边跑，一边我只在恨今天的太阳落去得太快。

沿壁向西，又曲折回旋地走了二里多路，重看了些冲天的石壁，同珍珠帘上的样子一样的危岩，摩崖的大字，以及正德、嘉靖、万历、崇祯的石碣和碑文，到了一处路径有点儿略往下降的地方，大家就立定了脚，因为再走过去，风景一定还要好，结果就要弄得大家非在这荒山里过夜不可。走了半天，我们对于这齐云的仙境，大约总只走尽了五分之二三的地方。虽则两只脚已经是走得很酸痛，肚子里也已经是咕咕地在叫饿，但到了下山的路上，坐入轿子去的时候，大家却不约而同地喊了出来说："今天的一天总算是值得的很！看了齐云，游了白岳，就是黄山不去，也可以向人说说的了。"

轿子回到休宁，总约莫是将近二更，汽车把我们在屯溪站卸下来的时候，连市上的灯火都将熄尽了，这一次西游的这一个末日，我们总算有益地利用到了百分之百。

一九三四年四月廿九日

黄山札要

一九三四年（甲戌）三月，应东南五省周览会之邀，想去黄山，但一则因天寒雨雪，不便于行，二则因同去者，都不愿去，所以只在齐云岩下，遥望了几处黄山的峰顶。闻安徽建设厅，在赶筑公路，使游人能坐汽车至黄山脚下，可免去自徽州或歙县去的百余里路陆道，则此后去黄山的机会更多了，迟早总打算去一次的，现在先把从各志书及游记上抄落来的黄山形势里程等条，暂事整理在此，好供日后登山时的参考。

摘自《安徽通志》的记录

黄山在徽州府西北三十里，（歙县西北六十里，）旧名黟山，唐改今名。山高三千七百余丈，盘亘三百里，当徽宁二府界，世传黄帝尝与容成子、浮丘公炼丹于此，其后又有仙人曹、阮之属栖焉。汉末，会稽太守陈业，亦遁迹于此山。《舆地纪胜》云，黄山诸峰，有如削成，烟霭无际，雷雨在其下。又时有铺海之奇，白云四合，弥望如海，忽迸散，山高出云外，天宇旷然。山有三十六峰，水源如之。（旧志不载峰名，今补注之：有天都，青鸾，紫石，石人，桃北，莲花，硃砂，叠嶂，芙蓉，炼丹，丹霞，云门，紫云，云际，云外，棋石，采石，石门，石床，石柱，仙人，仙都，望仙，上升，浮邱，轩辕，容成，圣泉，清潭，布水，九龙，飞龙，狮子，松林，翠微，掷钵等，凡三十六峰。又别有始信峰，一培塿耳；白鹅峰即李白送温处士归者，皆在三十六峰之外。石人或曰老人，掷钵或曰钵盂，叠嶂或讹胜莲，云门或讹剪刀。炼丹峰里许曰海门，光明顶为前海，狮子林为后海。）又有二十四溪，十二洞，八岩，详具山志。《郡国志》称天目高二万仞，而低于黄山者，以徽郡已与天目齐，而此山又特高也。山中多黄连紫朮，有汤泉，出香溪中，常涌丹沙，浴之愈疾。西北类太华，故前世亦名小华山。

游黄山记（元　汪泽民　婺源人）

黄山在宣歙境，雄镇东南。山之阳，逾百里，为歙郡治，其北，三十里，为太平县，又北抵宣治所二百四十里，不当通都大邑舟车之走集，而游者罕至。今年四月九日，余始得游焉。山西之麓，田土广衍，曰焦村，莲峰丹碧，峭拔攒蹙，若植圭，若侧弁，若列戈矛，若芙蓉菡萏之开，云烟晴雨，晨夕万状。由焦村南道，二十五里至汤岭，仰视群峰，犹在霄汉间。冈阜蟠结，凿石开径，嵚岩欹危，瀑布声訇磕如雷，怪石林立，半壁飞泉洒巾袂，当新暑，凄然而秋。又十里，憩祥符寺。寺前淙流，走万石间，山皆直松名杉，藤络莎被，翁蔚苁茸。下有灵泉，自硃砂峰来，依岩通二小池，上池莹澈，广可七尺，深半之，毫发可鉴。泉出石底，累累如贯珠不绝，气馣馪若汤，酌之甘芳，盖非他硫黄泉比也。明日遂试浴，垢旋流出，纤尘不留，令人心境清廓，气爽体舒。相传况疴者，澡雪立瘥，理或然也。寺有南唐碑，初名灵泉院，宋祥符中，改今额。又龙池距寺左三里许，奔流喷薄，泻石潭中，亭午照烛，五色璀璨，诚灵物所居。夜闻啼禽声甚异，若歌若答，节奏疾徐，名山乐鸟，下山咸无有。行寺旁，近见数峰凌空，僧指云，"芙蓉、硃砂，其尤高者，天都峰也。"上多名药，采者裹粮以上，三日达峰顶，予心甚欲游，而鸟道如线，不可，乃止。凡再宿寺中，还至焦村之三日，行三十里，游翠微寺。

古松修篁，石涧横道，僧桥焉，覆之屋，以息游者，清泠静邃，已隔尘杂，余为榜曰"翼然"。至寺庭，有井泉，僧言"此麻衣师卓锡处"，泉亦清美，不涸不溢，一峰卓然独秀，直峙东南隅，曰翠微峰。其条支回互，寺居盘中，故诸峰俱隐不见。明发，行十五里，过白沙岭；往往攀崖壁，牵萝蔓，或小木贴岩若栈而度，几不容武，旁临绝壑，惴惴焉不敢俯而窥。又七里，至绝顶；顶平广，倍寻方，据石少休，时晴雨旭霁，气象澄洁，环视数百里，冈峦墟落，历历可数。九华绿翠，若莲开陆，焦村向所见峰，皆平挹座间。俄顷，白云瀹起，遥山近岭，如出没海涛，仅余绝顶槎泝天汉中，倏又敛藏如扫，如是者三，可谓奇观矣。日暮抵寺，亦信宿焉。又二日，从村北十里，登仙源观。至元中，新安吴万竹习静兹壤，尝衍《易》宛陵，夸诩其胜，余赠诗还山，今竹存而吴逝已久。林阜周密，南列翠峰，链形引年者，固其所哉。既还，憩吾宗公仲云松楼。越十日，逾兴岭而南，所谓三十六峰者，骈列舒张，横绝天表，众岫叠岭，效奇献秀，尽在一览。行田畴竟，乃登楼岭，陟小邱，道左竹杉阴森中，小径萦纡，屋才数间，一僧奇庞近八十，煮茗进果，自言结构力田，闲时持经玩空，历二十闰矣。门外营草亭，往来休焉，庳陋且坏，余将改筑，亭之右丈余，南峰翔舞迎乎前，北陇奔跃驻乎后，左右翼如景益清，名之曰芙蓉亭，而未暇也。循岩曲折，抵白龙潭，巨石硌砑，汹涌冲击，深不可测，岁旱祷雨立至。又度板桥，有小庵，食澹苦修数辈居焉；尝有逃空谷者，出奇方，疗人疾颇众，既亡，瘞浮图中。余特征夫山水缪绕，自为奥区于高峰之下，由兴岭抵此，四十五里，人迹辽邈，可屏尘事，遂宿焉，听泉而去。道途为里若干，皆樵牧负贩者，隐度云然，非有堠以步而计也。昔大德戊戌岁，得兹山图经，神思飞越，而因循皓首，甫幸一至，至又弗克久留而去。每登山时，宿云收雨，紫翠如沐，山下之人，皆以为山川灵英，有相之者。时至元再元之六年，庚辰岁也。（见《重修安徽通志》卷二十五）

黄山三十六峰，以天都、莲花两峰为最高，光明顶为全山正中绝顶，文字上最初之登莲花峰而留有纪录者，似以南宋吴龙翰的那篇美文为最早，现在抄在底下：

游黄山记（南宋　吴龙翰　字式贤　歙县人）

咸淳戊辰（一二六八）十月既望，鲁齐鲍云龙，古梅吴龙翰，足庵宋复一，来观黄山。赑屃登高，餐胡麻饭，掬泉饮之，不火者三日，从者皆无人色，率不能从。予三人愈清狂，上丹崖万仞之巅，夜宿莲花峰顶。霜月洗空，一碧万里；古梅谈玄，鲁齐诵史，足庵歌游仙招隐之章；少焉，吹铁笛，赋新诗，飘然有遗世独立之兴。次蹑炼丹峰，过仙人石桥，酌丹泉，徜徉久之。次纡路游水帘洞，踏月夜归，少憩兰若，把酒临风，对天都而酹之曰："吾辈与若为熟识，他年志愿俱毕，无忘此山。"昔欧阳永叔、谢希深辈游嵩山，吹箫歌古调，吾辈倡酬之乐似之。韩退之登华山顶，邑令百计取之得下。吾辈冒万险，人迹所不到，其狂又似之。然韩有诗，谢有书，以纪其奇也，吾辈可无一语，留作此山公案乎？于是乎书。（见《嘉庆宁国府志》卷二十一《艺文志》）

明吴廷简，亦曾登莲花峰绝顶，所著《黄游纪略》，文字亦美丽，因后附有较详的黄肇敏《黄山纪游》一卷，所以将吴著的《黄游纪略》及《黄游续纪》略去。至若徐霞客之两记，亦较黄记为简，不录。

近人黄炎培氏，曾于十数年前去黄山，著有游记，亦至详尽，唯未到西海门，似乎稍有缺恨。他的游记里，也曾提起过，说《黄山志》外间已绝少。伊去时所见之本，系从僧性海处借得者，"康熙间僧弘济编，十之八为文艺，其言方向位置，皆不了了。志首插图数幅，则侧面风景画万峰如海而无名，愈读愈增迷惘"，反不若黄肇敏纪游之确切。本拟将这两黄的游记，同时抄出，附录于后，但因恐篇幅过长反为不美，所以只将黄炎培氏游记中之总结一段，抄在下面：

……黄山大概，吾略能言之。天海为中心，其南玉屏峰，左右为天都及莲花。天海之北，为光明顶，为狮子峰；硃砂紫云诸峰，在其东部；云门九龙诸峰，在其西部。上黄山之道，其西吾不知，东南自汤口入，以紫云庵为憩息所，自歙往者，率由此。北自北海门入，以狮子林为憩息所，自太平往者，率由此。其东自苦竹溪入，宜以云谷寺为憩息所，今圮矣。余之行，则自东南入，以捣其中，旋向北行，于临北海处，复折而东南，自山之东路下。第一天，自紫云庵至文殊院，行十八里；第二天，至狮子林，行二十里；第三天，至苦竹溪，二十五里，复至紫云庵十里。……（见《中华新游记汇刊》卷二十）

关于黄山的记载，除诸家之游记及明潘之恒之《黄海》六十卷与清闵麟嗣之《黄山志》外，还有一部康熙年间歙县汪于鼎洪度著之《黄山领要录》。上下两卷，共文四十余篇，记黄山各处景物兴革，分条别类，至为详尽，《知不足斋丛书》中有刊本，头上还有王渔洋、宋牧仲的两篇叙文。黄肇敏游时，似亦时时以此录为向导，但究因年代湮远，恐与现在的黄山建筑路线等，有些不符了；并且文胜于质，领要录所注重的考沿革，叙景色等处，又都为我们所想略去的部分，现在只将它的头一篇，像总序似的《黄山》抄出，以示一斑：

黄山（汪洪度）

黄山聚千百奇峰，劈地摩天于数百里内，四面周圆，无偏欹缺陷。正面东南向，玲珑萧散，秀绝人区，然古未有黄山名；后魏郦道元《水经注》云："浙江又北历黟山县，居山之阳，故县氏之。"宋罗愿《新安志》云："黄山名黟山，在县西北百二十八里，高千一百八十仞。东南则歙，西南为休宁，西北则蔽于宁国府之太平县。相传黄帝曾与容成子、浮丘公合丹于此，后又有仙人曹、阮之属，故峰有容成、浮丘，溪有曹溪、阮溪之名。天宝六年六月，敕改为黄山，按江南诸大山，有天目、天台之属，《郡国志》称天目高万八千丈，仅及黟山之麓，而黟山又特高；然则邻郡诸山，皆此山支脉也。山有峰三十六，水源亦三十六，溪二十四，洞十有二，岩八，灵迹不可胜数。水流而下，合扬之水，为浙江之源。"愚按《寰宇志》亦称北黟山，黝即黟也；色微青黑之谓黝，色黑而泽之谓黟。山肤剥尽，而骨仅存，空青所凝，遥望成黛；又肌理细腻，苍润鲜华，以黟名山，允为不易。自唐好道家之说，伪撰《周书异记》，引黄帝改称黄山，嗣后遂因之。明赵防，则谓黄山隤然中居，委和四表，有坤道焉，故名。亦足洗异记之陋。尝考《水经注》，载上虞陈业，值汉之季，洁身清行，遁迹黟山；会稽典录，谓其隐于黟歙，志怀霜雪，正亮之性，同操柳下；呜呼，此古之表名山者，所为独称述斯人也，人之入是山者，尚亦审所自处哉！

附录：黄山纪游

歙县黄肇敏秋宜著

序一

《名山游记》一书，辑唐宋以来各大家之文，其四十卷内，有游黄山数篇，皆名人手笔，惜未及全阅，值邵武丁巳之变，竟付灰烬，为可叹也。国初有徐霞客者，江阴布衣，性嗜游，遍历海内名山，从一奴，或一僧，一杖，一襆被；能忍饥数日，遇食即饱，徒步走数百里，攀援下上，捷如青猿；行约一日，就破壁枯树，燃松拾穗，走笔为记。初游黄山有记，后登罗浮，谒曹溪归，又追黄石斋于黄山。往复万里，其穷三十六峰之形状，了如指掌，载在《霞客集》内。至于九州之外，出玉门关，数千里至昆仑。穷星宿海，去中夏三万四千三百里。又数千里至西番以外绝国，题名而归，作书万言，皆订补桑经郦注，及汉宋诸儒疏解《禹贡》所未及；以视汉张骞未睹昆仑，唐玄奘、元耶律楚材仅至西番，有其过之，谓非游之空前绝后者耶？余谓后人不能学霞客，但使名山在目，登峰造极，能穷其形相性情，亦可无负此游。否则，咫尺千里，何异入宝山而空回耶？向子西渔袖黄秋宜少尉《黄山纪游》编见示，知其夙擅风雅，又与名山比邻，竭十余日之力，追奇蹑险，所至题咏，藉抒幽情。昔陶元亮生长庐山，挂冠后，结社东林，名与山灵并寿，可知游不在远也。余宦游四十年，齐晋燕赵豫粤关闽，每有吊古兴慨之作；而东泰岱，南衡岳，匡庐瀑布，仅近瞻远瞩，华山只于咸阳差次，息辕半日，登至二十里松柯坪而止；武夷近在邵武境内，余守郡八年，仅于舟次望见天游幔亭，迄未一登；约纪游踪，未了一山之缘，至今怅然。读是编，如览少文卧游一图，置我于丹霞紫云天都云际之上，下视尘寰，不知隔去几千万里也。

同治庚午小暑后一日古复周揆源序于听春草堂

序二

　　宇宙之名胜，不可数计究诘也。日星河岳，昭彰于俯仰间者无论已，遐陬异域，耳目不及之处，磅礴郁积，奇怪变幻，好山水殆难名似，庶几好游者得之。然而登岳航海，绝幽涉险，有及之而弗知，履之而弗喻，又有穷极足力，放浪形骸，弄月吟风，自谓娱乐，均无取焉。夫神游者，高其视听，开拓心胸，取境于行习之地，会意于尘埃之表；神为凝而形为适，得之心而应之手，隐与契合，发为德音，盖仁智之性然也。孔子登东山而小鲁，登泰山而小天下；孟子人知之亦嚣嚣，人不知亦嚣嚣，呜呼，至矣。瀛承乏通山之次年丁卯夏，始晤同寅黄秋宜少尉，见其温文儒雅，即已知为直谅多闻之友；既而出示《黄山纪游》卷，再四读之，叙详且备，意简而赅，恍如身在千峰紫翠间，结伴偕游也。此其取境会意，岂复寻常意中之丘壑也乎。瀛年十六，即负笈担簦，奔走道路。今数十年矣，诸凡涉历，或流水行云，匆匆过去；或乡思旅愁，闭门枯坐；间有感触，学又不足达意，惭愧宇宙之名胜，莫我若也。获此卷，如导师焉，虽不能至，心向往之矣。

序三

柏心幼时，曾览黄山图册，辄奇慕之。后在都，将南归，遇吾友魏子默深，亟绳黄山之美，劝以浮江而上，访三十六峰，时匆匆未能果也。顷陆子芷沅，邮示秋宜黄少府所作《黄山纪游》册，且代征序，急读之，津途历历，如得导师，味所诠次，与所讽咏，凡兹山之环玮雄邃，灵隽谻诡，幽奥危峻诸状，悉摄而纳之文字韵语间，有粉墨所无能模范者，可谓神妙。其尤胜者，则汤泉云海，文殊观日出，驼背峰眺松，天绅亭望九龙瀑布，最为殊绝。绅绎竟日，柏心亦不啻蜡屐梯空，身凌绝顶也。夫侈言之，宇内名山夥矣，自非穷竖亥之步，骋穆满之骏，不足以博览遐搜，然竟千万世，谁偿此愿者？约言之，即一黄山，已有探索难尽者矣。少府产于歙，距山才百里，仅得一至；必又会徒侣，裹粮糗，乃能贾其勇，冒风雨，蒙雾露，犯猛虎毒虫之径，履飞梁悬磴之危，然后抉奇洩秘，如饫嘉肴，如读异果，大慰生平之愿。顾犹未陟绝巘，极淹留也，因汲汲笔之于书，且留他日补游后约，盖非其志之坚如是，有不阻于半途者乎？柏心因是以叹世之力学，与建立事功，不坚其志，而望其成难矣，游山其显然者也。少府今已出山矣，其遂为神仙尉乎？其若郭代公之尉通泉，马北平之尉赵城，奋起而致将相乎？信能坚其志矣，龙蠖屈伸，亦何施而不宜哉！

监利王柏心撰

序四

胜事媲三游之洞，健者惟君，探怀出一卷之山，证之以我，予于斯编，又安能已于言乎？于时三秋气爽，二仲踪闲，前海后海之程，大山小山之客，丹崖直上，劚黄独以同餐，白发难添，对青山而忘老。综兹胜概，编入游程，宜其有景皆真，无情不活也。然而予有幸焉，尤有恨焉。夫黄山之游，君成之，予倡之也。林泉招隐，曾作刘安，山水方滋，应推大谢。虽笔花已秃，少陵无可惊人，而春草将生，阿连何妨助我。乃坐视吾衰之已甚，而甘为年少之不廉，绘景合五七字而兼工，纪程累千百言而不厌。毫锋所触，草木皆灵，世骇目以争看，我出头而不得，能无报王烈空回之恨，有元方难为之嗟也乎？今者秋刚八月，境又一年，绿玉犹存，丹砂未老。曷不手携此卷，去问山灵，定见谷响齐应，天惊欲漏，云波踏碎，重敲老衲之门，山乐呼群，来迓故人之驾。然后搜罗未逮，推拓所闻，赋刘郎重到之诗，为巢父长留之卷。双声合籁，一笑千秋，足下思之，然乎否乎？余与君既订后游，因书此以为信。此日逼人太甚，其辞若有恨然，来朝从子而登，余勇犹能贾否？

咸丰十年岁在庚申秋八月朔日族兄甲雨墩氏叙于古集虚斋

题辞一

仪征车元春竹君

雄奇突兀天都峰，峰峰云石峰峰松，

穿松踏石云海空，三十六朵青芙蓉。

絙幽凿险探仙踪，发溲造化天无功，

烟云拂纸开心胸，恍入黄山白岳一气青苍中。

题辞二

寿州孙家鼐燮臣

黄山直矗层霄巅，芙蓉万朵摩青天，

嵚崎突兀势何雄，下视九州点苍烟。

危峰峻岭不可跻，衡岳俯首泰岱低，

仙人蹀躞青冥中，黄海日出鸣天鸡。

上有碧泉万丈奔飞瀑，下有青芝白术与黄独。

老僧服食一千年，碧眼炯炯照窗绿。

我闻黄山名，窈窕如蓬瀛，

黄君涉足絕其险，令我神驰魂胆惊。

披图满纸烟云绕，笔补造化穷微妙。

一丘一壑罗心胸，苍霭迷目众山小。

题辞三

会稽施山寿伯

古人昔看黄山松，身入云海骑苍龙，

翠涛灌顶三洗髓，遗蜕亦化青芙蓉。

人传别后山已童，寸管一摄秋烟空，

山中高僧已百岁，图写妙境无此工。

嗟吾日羁蓬蒿中，身欲往游将谁从。

览君斯编独快意，悠然忽与名山逢，

惟昔秋老今春融，松花黄发山樱红，

阳开阴阖万象变，别见奇景开心胸。

君如重游约我同，椎鼓立发江船东。

题辞四

沔阳陆钟泉芷沅

黄山景最奇，秋来味尤好，

三十六芙蓉，烟云常缭绕。

仰攀天都高，俯瞰群峰小，

仙井产丹砂，飞瀑咽绿沼。

石径窈而深，林鸟静以悄，

快作十日游，已谢万缘扰。

丘壑罗心胸，景物付诗稿，

贻我旧游编，叹君衰颜老，

故乡多名山，归去计宜早。

题辞五

武进盛康旭人

北黟岩壑天下奇，三十六峰森丹梯，

緪幽蹑险四千仞，太白以后吟笻稀。

黄君载酒入林麓，十日平原快游瞩，

归来袖得黄海云，泼墨淋漓倾一斛。

展卷瑟瑟松风鸣，刻画螺黛秋棱棱，

一读一惊一变幻，恍若耸身凌苍冥。

吁嗟东南昔鼎沸，孰是琅嬛夸福地，

城郭郊原战血殷，草木腥腥郁兵气。

何幸桃源此避秦，火云不烧山翠新，

况复欃枪一尽扫，雨露光泽岩花春。

留与诗人恣游赏，万壑千峦归指掌，

霏霏寒碧袭衣裾，胸次烟霞自开荡。

山川藻绘面目呈，凿破混沌山灵惊，

健笔能将造化补，翰墨因缘足千古，

不然梦中天姥空高吟，

白云莽莽封遥岑，世外仙源何处寻。

题辞六

南丰胡昌铭新又

天姥何曾太白攀，少文游兴渺茫间，

羡君独有看山福，黄海云中啸月还。

不历名山气不豪，胸无卷轴亦徒劳，

宣城意兴龙门笔，腕力还同目力高。

纪游文笔峭而清，珠玉诗多信手成，

如此才华为末吏，顿教我辈愧科名。

卅六峰头迹未亲，闲披撰记拟搜神，

山灵面目毫端现，转较同游看得真。

题辞七

甘泉李㮮仲白

一卷黄山册，披吟历有秋，

如斯名胜地，必待使君游，

丘壑胸中满，烟云笔底收，

何当谢尘迹，竟月好勾留。

曾作秦关客，山顽水亦蛮，

乃知仙佛境，原在地天间。

风叶识猿啸，云松伺鹤还，

掩编劳想像，休更拟跻攀。

题辞八

同邑方其义也宜

奇峰六六记嵯峨，凿险䌛幽兴若何，

眼界曾经黄海阔，脚跟应带白云多。

山僧爱客扁兰若，石碣寻诗扫薜萝，

他日续游如可约，定从杖履和吟哦。

题辞九

程桓生尚齐

　　桓于道光丙午之秋，赴试金陵，同人有约黄山之游
者，遂迂道由朱砂庵，出狮子林，攀幽陟险，赏心悦目
之处，不可胜纪；徒以名场扰扰，匆促一过，未及细为
领略，有余憾焉。迄今回首，廿余年矣。壬申，差次汉皋，
晤黄秋宜姻丈，乃出所著《黄山纪游》一册见示，距余
游时，已后十余年，展读一过，觉烟云之变灭，松石之
奇古，峰峦之秀削，瀑布之飞流，山灵面目，不啻重逢，
一一于纸上遇之。至其状难绘之景，详兴废之由，尤有
令人寻绎玩索而不能尽者，感今思旧，率成一律，即以

呈政！

万峰高耸碧天秋，二十年前忆旧游，
世事沧桑惊变幻，宦情云海证空浮，
名山愧我芒鞋负，佳句输君彩笔收，
今日鹤楼相共望，又看江水助吟讴。

黄
山
纪
游

　　余家歙之潭渡，去黄山仅百里，数十年来，欲游而不果者，屡矣。今岁中秋后一日，族祭毕，夜集东偏依月楼下，族兄雨墩、朴村昆季在焉。余暑未消，同人皆披襟当风坐。余偶举元鲍伯原先生《祥符寺》诗"六月长廊不知暑"之句，且曰："如此良夜，若置身三十六峰之巅，不知作何景况？"言未竟，雨墩跃然起，曰："吾兄弟有志久矣，君其从我一游，可乎？"余曰："君果游，吾安肯不往，且予将有远行，今不往，恐无往日矣。"约既成，忻然而散，越日，治行。雨墩、朴村及余各携一从者，凡六人，时咸丰九年己未岁八月二十有七日也，得一律以纪之：

　　久抱游山志，因循二十年，

得逢招隐士，刚值已凉天，

行具添筇竹，征衣备木棉，

此番须勇往，莫谓竟无缘。

二十八日，晓，晴。徒步发潭渡，取道西北，十里至檀干许氏别业，吾乡一小胜也。时则商飙徐动，叶战枯荷，野水潺湲，映带左右。临水有亭，亭外一联云："溪流无岁月，堤树有春秋。"过此八里，为外路郑村。路旁有树数行，树杪悉作淡红色，如叶初黄，讶其太早，询之村人，曰："其上非花非叶，乃结成嫩荚，中含红子，娇若花瓣，俗谓之灯笼树。"即《群芳谱》所云多罗树也，得一绝云：

枝头色艳嫩于霞，树不知名愧亦加，

攀折谛观疑断释，始知非叶亦非花。

又二里，至潜口，紫霞山在焉。明汪伯玉先生故居也。再里许，过潜坑，有轩辕古庙，在荒烟野草中，过客多有不经意者。又四里，抵佛子岭。岭上一亭，额曰"黄山发轫"。亭左即云岭禅院,已半倾圮。土人云,自此以上,皆谓之黄山。其实山灵真面,全未之睹也。忆国朝孙担峰先生《北源道中》诗云:"佛岭断尘氛,逶迤点竹树,不须更问津,知是黄山路。"亦此意也。再四里,至杨干,素闻有敕建寺,未及瞻览。又一里,进鹦鹉口。土人指道侧败垣,谓余曰:"此处旧镌'黄山谷口'四字,今亡矣。"又二里,过黄初庵。三里,至容溪。溪出容成峰下,容成台在焉。前人过此,多有临流吊古之兴。一路山桂初开,香风袭袭。循溪行,约三里,渐见夕阳在树,从者云劳。隔溪望王翁粹之宅,遂投宿焉。是日凡行三十八里。

二十九日,晴。别王翁,度木梁,缘河而行。一里,至车盆湾。又一里,至牛头口,山因形似,故名。三里,过吴家陵。又三里,至长潭。修竹夹溪,中无杂树,人行其中,竹影静,人影动,游鯈或惊跳,时闻清响。又二里,过大王亭。内供金龙四大王像。去亭数十步,有石梁横涧中,路由是分歧。一右行,一径通黄山小原。度石梁,沿涧行三里,至下舍,亦有一桥,过桥即混坑口。再五里,为七孔窟,三里,度山口岭。下岭一里,有山寺,曰忠灵堂。住持僧晓云出邀客入,茶话片时。僧云,寺旧名忠灵院，近为孝廉蒋君，易院曰堂。院之与堂，其义一也，而必易之，何也？姑听之。从者促行，别出二里，越石砧岭。去岭里许，有小村，曰石砧湾。又三里，至黄土岭。岭约五折，始至巅。突见双峰对峙，状若剪刀，俗称剪刀峰，即云门峰也。入山两日，始见一峰，精神为之一畅。下岭一里，至杨村，时日未斜，从者皆倦，遂借宿于蒋氏别馆，乃乞主人代觅一健者为导，名升生，其族人也。是日计行三十里，忆连度三岭，皆极平阔。按石砧比山口稍高，而黄土又较石砧高且遥矣。

九月初一日，鸡鸣而起，笼烛行二里，憩于丫口茶亭，寻汪南溟诸公题名石，不得，遂行。二里，过一小村落，名中段。又二里，过清翠亭。一里，吴村党，已平明矣。又二里，度半弥桥，日始出。又三里，金竺坑，又名仲坑口，滨河竹木森森，颇饶幽趣。南岸居民数十家，皆谢姓，有古风，客过必邀入款洽。时值早餐，见居人悉以苞芦作饼啖之，盖山地荒确，艺此以代谷食也。又三里，至沙岭趾。明太祖征伪汉，尝憩于此。又七里，至芳村，村口有石桥，额曰"东山旧里"。入村借炊毕，遂行。出村即宝坑口。又二里，为吴村。又三里，至寨西，有草庵曰"净土",又名浮溪庵。庵后有黄山巡司署旧址。按司署始建于此,继迁于佛子岭,乾隆间又移于潜口之紫霞山麓。是时庵门扃锢,且坐庵前乱石上,拟访汪伯玉司马饮中书院遗迹,询之土人,并无知者。又行一里,过越国汪公庙,不甚宏敞,有古楹帖云:"宇宙尚存唐岁月,山川犹见汉衣冠。"字亦将剥落。再数十武,即柘木岭。二里,有草篷施茶,俗名便担亭。又二里,度查木岭,岭尽而抵汤口矣。自潜口至此,村落以口名者九。谚云"九口八十里"是也。入村至一处,上镌"黄山一望"四字,笔气苍劲,乃明罗念庵先生手书。遂于此处集坐,检视行具,欲觅"海马"为导。土人云,十余年来,游山者甚稀,业此者百人无一。闻之游兴顿遏。幸蒋升生自云可助一臂,请无后虑。将行,或云,茅篷近驻兵勇,朱砂庵又有太平县难民,入山恐无下榻处。问主将谁?曰,吴。余曰:"此必吴君镇生也。"吴与雨墩故姻好,径往,道以意。吴慨然遣弁以风庵僧,使扫室待客。于是促从者前进,余等徐步出汤口村,即见天都、紫石、莲华诸峰,高出云际,迎人而立,似觉身入神仙界矣。得二绝云:

百里程途且坦然，须知难到是无缘，

自嗤二十余年约，待到今朝念始捐。

扑面峰峦气自雄，半生尘俗虑俱空，

明知已入桃源路，此际翻疑在梦中。

　　三里，至逍遥亭。亭甃以石，是年春间为风所圮。席地少歇即起，依涧行。涧中石子累累，作浅绿、青紫、淡墨等色；涧间有潭水沉碧，有名青龙者，有名白龙者。仰视诸峰，环列于前，望之则近，即之实远。遥见竹林中有白墙隐隐，未知何处。行约四里许，乃矮屋数椽，上书"古祥符寺"，双扉紧合，不复往敲。寺距河近，河下乱石磊落，欲塞河流。水由石隙中流出，声潺潺无断续。渡一石桥，始达北岸。按此处古有桥，名圣泉，乾隆间为蛟水冲塌，后人于秋冬时多履石渡，春夏则架以木梁，此桥于道光甲申为旌阳方、吕二姓重建，名小补桥，盖于此处不无小补之意。下桥数武，即汤池也。池在紫石峰下，天成一窟，长丈许，阔半之，深不过二尺。晶莹澈底，下布淡红细沙。天下汤泉不少，其下皆硫磺，惟骊山产绿玉，黄山产丹砂耳。骊山生近都邑，遂为玉环所污。仙液灵浆，不能不让我黄山独擅矣。尤奇者，池北有冷泉，由石罅中流入，池内水气蒸郁，得此调剂，温凉适中。又池东一小石窍，以流其秽，终日浴而垢不积，诚天生以供浴者之用也。考志载，旧仅片石，覆池之半。明嘉靖间，吾乡溪南人始凿石甃亭云。今见外接长廊，为浴者卸衣乘凉之所。滨池有栏，下池有级，池上围甃，若洞门状，门石上镌"蒸云"二字。池中设石可坐，池水深处可没腹，蒸蒸如釜上气。遂解衣而浴，浴毕，就坐亭中，精神大爽。得一律云：

> 泉自几时起，犹疑火尚新，
>
> 留他千古迹，濯我一身尘，
>
> 水泛沤如沸，云蒸气若春，
>
> 灵砂何日见，可许问前因。

壁间石刻有"不垢不净"四字，又"即之也温""冷暖自知"等字。又程也圆先生书"不浴心已清"五字，又"天下第一名泉"六字。题咏甚多，不能悉记。整衣出亭外，见石壁摩空，苔藓斑剥，有"轩辕道场"四字。又"飘然欲仙"四大字，书法潇洒。方玩赏间，适紫云庵小沙弥来速客，遂偕往。由池右登四十五级，迎面一石，上镌"游如是始"四字。左折，历阶升。大树夹路，枝叶互交，密不见日。约百十步，至庵，额曰"黄山一茅篷"，乾隆己巳汾水程淑题。按古仅数楹，乃慈光寺僧悟千所居。僧吴江人，从业磨腐，悟禅机。游客至，亦略晋接，客过辄忘，莳花而外，终日数戒珠而已。乾隆初，改创为庵，今为初入山憩息之所。又一额，隶书"紫云庵"三字，先是张南华学士题，江太守恂书。嘉庆辛未，庵毁于火，壬申海阳陈公栋来游山，庵僧澡雪乞其重书云。外悬程雪门籀篆书一联云："地近丹泉，岩涌飞流千嶂雪；院依紫石，门开曲径一茅篷。"斯时归鸟喧巢，晚钟达外。老僧虚堂出邀入庵，安客于西偏一室，悄然寂静。询兵勇何在，云，昨日已往太平之焦村，未去者不十人，隔处东偏。遂止之。是日山内外共行三十九里。灯下以诗纪之：

寄宿茅篷里，何堪杂老兵，

英雄休用武，游客最多情，

听树常疑雨，看山尚喜晴，

疏灯残欲灭，一枕瀑泉声。

初二日，晨起小雨。早餐毕，欲冒雨一游。虚堂曰，山石滑汰，跬步难行，即出游，亦无所见，姑听之。出庵闲眺，云雾弥漫，峰峦尽灭，但觉雨声、瀑声、泉声、树声，潺湲淅沥，耳不停响。庵前竹树苍然，浓阴如泼，云门一峰在其右，为薄雾所遮，时隐时见，如天外三山，在虚无缥缈间，可望不可即。复入至大殿，上供释迦，左右供文殊、普贤像。殿后石壁如屏，殿之对照一室，即客堂，开窗正对水帘洞、桃花源一带。殿之西偏，前后六楹，无曲折，仅供卧游而已。东偏亦然。庵中联额诗章甚多，为记于后。其在正殿，有若"玉泉颜驻"者，程学使景伊赠野云开士额也。有若"参最上乘"者，曹文敏公为戒严开士额也。有若"室静不嫌松籁发，性空惟爱月华明"，汪子漱泉联也。有若"理相难寻知是幻，议思不到见方真"，汪石湖堪所书联也。至若殿壁嵌石碣，乃长白双学使庆题《茅篷》二绝句，《汤池》七古一章也。

绝句云：

浮生何计淡尘缘，安得茅篷镇日眠，
却喜公余车马谢，到来三十六峰前。

斗阁栖云客思清，依依茗椀赞公情，
空山万籁都沉寂，只有流泉不断声。

七古云：

苍岩云散来朝阳，秋风吹起丹砂香，
炉灶不须借烟火，天然仙液喷浪浪。
我闻斯地千古称名胜，游人藉之恣徜徉，
奈何两龙忽下争拿攫，翻石拔树骋其殃，
剩有灵根不磨灭，于今疏瀹成芳塘。
试经浣濯真奇绝，须眉肌体含荣光，
看山徒思换凡骨，啜茶本拟宽诗肠。
复向茅篷觅归路，芒鞋竹杖何清凉。

又东壁黏绝句一首，云：

浑忘秋九与春三，闲取禅经对月谈，

谈到天花飞舞处，石头虽硬也知惭。

款书碧山氏，不知何许人也。其殿后石壁上有"留云"二字。又乾隆壬子中秋，程公振甲书"紫云岩"三字。其客堂内"松云紫气"额，系程光国书。"听涛观瀑"额，系汪漱泉书。窗外"雷壑"二字，系宣城张坰题。"紫石烟云作屏障，青天风雨走蛟龙"，系赵子良澍所书楹帖也。又南徐张塑和铉一联云："山深自觉无寒暑，禅老无心记岁年。"外严芝云广文保泰集成句一联云："有崇山峻岭茂林修竹，无恐怖远离颠倒梦想。"中悬雷西垣太史维翰《汤池》七律一首，用杜荀鹤《温泉》韵：

轩帝仙踪何处寻，泉香一掬惜如金，

眼前烦恼销除尽，世上炎凉阅历深，

疑有阳春回黍谷，了无尘垢到禅林，

倦来高枕石头卧，满院松风清客心。

两壁墨迹淋漓，笔难悉载。西偏室内有"黄梅同春"额，曹顾崖先生题。其程音田一联云："临风说法花应坠，对月谈禅石不顽。"后一室，即余等寄宿处，亦有"云涧春长"四字，金鹤皋先生题。又一味道人书楹联云："心超黄海天都上，身寄紫岩莲蕊间。"午后仍雨，是日未游。口占一绝云：

偷得闲身为看山，到来镇日坐禅关，

山灵畏客如新妇，当把烟岚幂鬓鬟。

初三日，早雨，少间，雨止日出。余谓，既雨复晴，若有神相焉。住持天喜上人赠青檀杖，其徒松涛为导，小沙弥永祥从焉。于是各携杖行，去庵百余步，为回龙桥，忽闻大声轰然如雷崩屋，回望紫石峰，瀑布两道从空而下，跳珠溅玉，不可名状。过桥，登八十级，有关帝殿。殿仅三间，即慈光寺之头门也。额书："敕赐护国慈光寺，明万历三十六年立，康熙二十六年重建。"殿前一径，乃往汤岭，至太平县之通衢也。入殿后，登二百五十级，至"得心亭"，黟邑胡明府学梓题。出亭百级，地稍平阔，旁有石可坐，询即"辨源亭"旧址。志云：黄山水源，于亭辨焉。"丹液一杯，渐江千里"八字，顾太史锡畴所题也。遥望叠嶂、紫石诸峰，清奇秀特。登阶而左，则面迎莲花、莲蕊两峰，嶔崎直峙。又八十七级，至灵官殿。古无此。道光三十年为黟邑朱小愚建，继先人志也。其垣列短碑，则朱质斋培文所撰并书。又三十五级，至弥勒殿，为慈光山门也。入大殿，有"香饭融砂"额，则朱竹君学士所题。又"世界一粟"四字，不知何人书。黟邑吴静川一联云："就这里看破禅机，下乘中乘上乘，解脱因缘十二；从此地参透妙谛，取法执法非法，定慧世界三千。"其韦驮殿联云："是大英雄能觉悟，为诸菩萨振纲维。"阶下木莲一株，大可合抱，叶似枇杷而光，秋冬不凋，四五月始花，若白芙蕖，香闻数里，八九月结实，若菱而无角，色红且艳。初仅一株，近日茂衍，然结实者，惟此一树。转入殿后，有断桥跨阶墀内。将至桥，望朱砂峰巍然迎面，如赤城之霞，晶莹朗曜，光华烛天。寺在峰下，故旧名朱砂庵。渡桥，入毗卢殿，礼四面渗金佛塔。塔计七层，俱高四尺，每供佛四尊，皆莲花座，花瓣一佛，佛以万计，明慈圣皇太后所赐也。

按志载，嘉靖间，庵为元阳道人旧居。万历丙午，普门师入黄山，元阳之徒以庵畀师，改创法海禅院。师南游至普陀，元日担柴，被风吹入海，不死。后游五台，入京师，声达禁苑。慈圣皇太后颁内帑，为祝发，赐紫衣金钵，金书《法华经》及建寺帑银三百两。普门鸠工庀材，拟构四佛殿，手削木为式，四阿四向，不失累黍。落成后，金碧交辉，为新安梵宇之冠。上有御书"黄海仙都"额。又明太保马中贵为普门禅师题"福慧双修"四字。胡子庆垣一联云："跌宕炉鞲，婆娑火蜡，看自三十六峰，头头是道；影为形本，声是响根，历尽八万千岁，滴滴归源。"汪君尚奇，桃源人，亦有一联云："音可能观，观遍黄山开慧眼；士何以大，大如沧海显婆心。"又"泉流功德水，山辟普门僧"一联，不知何人撰书。寺内屋宇亭台，旧甚宏畅，今存者亦将倾圮，现皆仙源难民居住。殿之西即戒堂，镜华上人邀入品茶，堂额"清静庄严"，曹文正公题。又"法雨千峰"，海州吴甸华题。文正一联云："谈经云海花飞雨，说法天都石点头。"吴退旃先生一联云："洗钵乍分蕉上雨，弹琴时引竹间风。"问僧众何寥寥？答以出山化谷去。闻旧有普门师自书"那是我的"四字，今已不知所在。遂出戒堂，谒普门师塔。塔形六角，上盖有亭，塔上书"明赐紫开山普门禅师安公全身塔"。碑铭嵌于壁，明崇祯三年立，载普门开山事甚悉。后书"毗陵无闷居士许鼎臣撰，天石居士吴孔嘉篆额，昆山锡余居士徐开僖书"。塔前有树根，形类椅，不知何木，山中人不识其名。相传师在时神虎衔来者，朝夕相依。师圆寂后，虎逢朔望节气，仍来谒塔云。殿之东，小室数楹，供关壮缪石刻像，外悬吴企华文桂一联云："云外闲吟发天籁，山中静语落松涛。"镜华供素食数品。见两壁题咏，正拂读间，天忽昏暗，出望之，云雾复翳，峰头灭没，风雨欲来。少间，雨至，镜华欲留宿，而房庑皆难民住矣。遂辞而别。淅沥盈耳，竹林滴翠，形景万千，不可言状。出门外小坐片时，冒雨下山，幸石磴湿而不滑。约半时许，至头门关帝殿前。忽小沙弥簌簌自深草中出，手一物如山芋状，近视之，乃藤子也。剖分食之，味甘而净。按志云，藤子子含荚中，色深黑，瓤通明如水晶，熟时剖食，甘同蕉露。不剖自启者，不可食。蛇嗜其子，恐染厥毒也。回至茅篷，虚堂上人迎出，问："今日之游畅乎？"余曰："然。未知明日天色若何？意欲舍文殊院而出汤岭，至云舫、皮篷一游，可乎？"上人曰："君不闻黄山谣乎？'不上文殊院，黄山未见面。不登狮子峰，黄山未见踪'。如慈光、松谷等处，皆黄山之麓耳。若舍文殊院而回，则又何游之有？"于是复谈黄海之胜，兴勃勃不能已，至三更始各归寝。忆茅篷至朱砂庵，循级而上，准以平路，不过二三里，阔三四尺余，即肩舆皆可至。二十年来，正为土人所惑。

初四日，晨犹小雨。出庵一望，雾薄如烟，峰头隐约可见。饭毕，询僧："今日之雨，文殊院固不可去，欲往汤岭一行，可乎？"僧阻云："君兴虽豪，徒费跋涉，恐无所见。"俱怏怏而止。午刻雨止，微见日影，同雨墩、朴村步至山下，度桥至祥符寺前。访元郑狮山公钓石，不可得。询之寺僧人，亦无知者，遂入寺。寺仅数楹，僧二，状亦贫甚。按寺创自开元十八年，志满禅师手置。后大中五年，刺史李进方感白龙见，移之于汤池之西。天祐二年，刺史陶雅重建，改号汤院。南唐保大二年，改为灵泉院。宋大中祥符元年，敕为寺，因名祥符。而人称汤寺者，以寺近汤泉也。又相传寺即轩辕宫，石壁有"轩辕行宫"四字，今亦不知所在。栋宇墙垣，迥非旧制,盖后人造也。低徊刻许,虚堂上人来邀往观药炉、丹井之胜,欣然同往。出寺数步,上即水帘洞,望之不甚了了。又行半里,至桃花源,所谓桃花万树之处,今都为山民种山粮矣。按此处旧有庵,邑人佘书升建,后为丰南吴氏别业,地廓室丽,一阁踞大石上,潭中洪涛怒张,有排山驱石之势,故阁名"狎浪"。惜乎遗址旧迹,绝无所见。回顾仰视,则天都卓然孤立,左有紫石、叠嶂诸峰;右则莲花、云门对峙;北望即朱砂峰。峰上一石西向,状如弥勒,僧人呼为朱砂罗汉云。又进约数百武,过莲花庵旧址。又半里,山雨忽至。少顷,雨益大,风雾交加,草深径仄,艰于前进,扫兴而返。口占一绝云:

陟岳寻幽兴不阑,俄来山雨阻盘桓,

自知尚未成仙骨,药臼丹炉不许看。

回至汤池,将欲再浴。上人云:"浴亦有道,君未之知也。当此秋深,不汗不畅,须以巾覆首,则汗自透。若于池内移步,足必依沙而行,举趾高则立不牢矣。"试之,果然畅甚。归来已薄暝矣。

初五日，早起，虽未见日光，似有晴意。僧来云：
"今日天气不朗，文殊院似不宜往。"余曰："不然。今
日嫩晴，正好上去，明日大晴，则得矣。必候晴老而往，
倘次日阴雨，将奈何？"雨墩、朴村皆以为然。饱餐毕，
检点行具，备棉衣，裹干粮，挈小沙弥，巳刻，至朱砂
庵，晤镜华上人，告以欲上文殊院，颇有难色。坚询之，
始云："庵中僧众可为前导者，俱出山，现仅一徒，名德
圣，不习山径。奈何？"时日光已见，游兴更浓，强使
为导。上人备蔬米，遣工肩之。盖游文殊院必由朱砂庵者，
以其宿舂必于此取办也。于是别镜华，由殿后左径上山。
雨墩前行，次余，朴村在后，各携杖一。途次叠石礧砢，
乱茅蔽道，导者拨棘相引。于是履石登阶，细步而上。
阶多自然石级，高尺余，或不盈尺，阔仅容足，盘旋曲折，
高下参差。青莲云，"百步九折萦岩峦"，非历其境，不
知也。里许，至一石，高四尺许，若巉岩，往者必俯首
而过，名碰头石。过此数十步，则双桃峰在焉。峰如两
桃并蒂而生。过此皆依叠嶂峰麓而行。又二里，越峭壁
至观音岩。岩在青鸾峰下，岩地稍平，又名打鼓墩。同
人俱觉微倦，且渴，遂席地而坐。导者拾松枝，煮苦茗，

指山曰:若为兔儿望月，若为金猫捕鼠。视之，并不甚肖。坐约时许，又行三里余，至半山，有小石庙。庙辛山乙向，供土地山神，人呼为半山土地。至此则奇峰渐见，有曰王母驾金鸡，视定逼肖。僧云：昔日游山，皆取道老人峰。道光初年，八卦峰颓，旧径益塞。今之所行，又一径也。又上，至横云石，镌"横云"二大字，旁书"孙晋"二字，僧云：此石云雾草最多。转石而上，回视峰外诸山，万重罗列，一望无际，峨嵋、武功都在目也。左顾，则石门峰方立如屏，中露一线，日光射映，望之若朱门焉。又上，则天门坎至矣。两石山夹立，路窄，仅容一人。慈光寺至此约十里，回望犹见之。过此，微级而下，道亦平坦，有赵州庵基址尚存。导者又指：此曰刘海戏蟾，此曰仙人指路。视之有似有不似。一路草花盛开，或红或白。有青如靛，黄如蜡者，花形九瓣。询之，僧曰秋牡丹。又上，过云巢洞，洞壁有"云巢"二字，乃曹鈖所题。入洞，历三十五级而出，出洞如出井。又数武，过蒲团石。又远望一石如观音，奇巧天然，迎面石壁有"观止"两大字，旁书"乾隆乙酉年黄鲁峰题"。又"别有天"三字。再由左而上，石阶甚仄，一面临绝壁，一面临深渊。

幸外有危栏一片，反觉平且稳也。按此古无栏，且称天险。不知何年利济者为之，其功岂浅哉！再上至卧龙洞。昔有卧龙松一株，根生此崖，枝横彼岸，闻被太平樵人所伐，今仅见其根而已。入洞约二十余级出洞，下十余步，即"小心坡"。坡乃一峭壁当路，外则绝涧，视不见底，亦称天险。游者必由此而过。壁下微平，仅容半足，幸止三步，一手扪壁，一手扶导者过之，尚不觉其险也。过此则峰益峻，涧益深，瘦石矗立，罗列成林。又数武，过一小石桥，立桥上回视小心坡，不禁股栗。桥之南，石壁刻"度仙桥"三字，旁刻"乾隆乙酉临河程征荣书"，即志所载之断凡桥也。昔人假木为度，今以石为之。自此一望，瘦峰奇石，满布于前，怪怪奇奇，不可言状。以为人则人，以为兽则兽，导者不能指，游者亦不暇辨矣。得四言四句云：

两峰相离，中深千尺，

渡此片石，仙凡迥隔。

又上，则夹壁争高，中通一径，仅容一人，昏暗不见天日。两手扪壁而行，藓苔满布，湿不停掌。导者曰：

此一线天也。出此，见壁上一大"好"字，旁有"厚庵"二字圆印。又得一绝：

到此昼忽夜，浑如陋巷深，

纵然仙境好，恍在梦中寻。

再上，至文殊洞。洞外壁上有"不可阶"三字。入洞登二十四级出洞，有菩提树一株，身柯枝叶，皆非人间所见者。又上，曰"小清凉"，有灵芝松，状若灵芝。壁上汪毅堂书"刻削千仞"四字，又"烟云万状"四字。再上数十步，至文殊院。于巉岩中忽见平地，广约数亩，心胸为之一快。院仅三间，丑山未向，垣砌以石。左偏二间，为游人憩息处。西二间即炊黍之所。院依玉屏峰下，左即天都，右莲花、莲蕊，玉屏居其中。峰上有"此山尊"三字，又"天地自明"四字，大丈许，从下视之，尚如斗大。院前南面空旷，俯视群峰，次第呈露，万嶂千岩，咸俯其下。又二石山，曰狮，曰象。狮石上刻"群峭摩天"四字，又"奇观"二字，又程振甲先生书"大巧若拙"四字。石前一松，曰迎客。院后一松，曰送客，皆非旧所传之迎送松也。又有片石，曰文殊台，上有跌迹。循象石而右，亦有一石，曰立雪台。按此院为普门大师感梦而创，故又名梦像台。入院，礼文殊毕。院甚潮湿，尘凝佛面。询僧云：自道光丙申丁酉间，梅颠上人去后，遂无人守院矣。殿上一额，曰"到者方知"，原邑孝廉汪沐日题，今为乌程沈公鼎山书。有道据上人联云："万山拜其下，孤云卧此中。"又高观察枚一联云："见根已澈浮云表，心镜先莹宝月中。"又一联云："莲飞九品归黄海，狮吼一声下玉屏。"又有粉板二，游人题咏者，墨迹殆遍，剥落将残。饭罢，出立院前，日已西坠，新月一弯，早见于上。东望天都峰，奇石争见，旁一小峰，名"耕云"，上有一石，形若鼠竖耳弭尾，作踊跃欲奔状，名曰"仙鼠跳天都"。莲花峰顶亦有一石如舟，曰采莲船。正凝望间，忽见一片红黄之色，渺茫无际，诸山倏忽不见。黄色中又有黑影一道，如大江中芦洲。少顷，又见火光一点，摇曳不定，如江边渔火，益觉惊异。急询，僧曰：即铺海也。其火光乃二十里外，山民守苞芦之火也。盖山地多种苞芦，时有狙公野豕之扰，多结草舍，或击柝焚阜，日夕守之。望约一时许，光始灭。但见月光淡白，星斗动摇，得一绝云：

秋深未夜已凄其，莲蕊峰头月似眉，
已在人间千仞上，仰观星斗几曾低。

寒风肃杀，冷气逼人，披以羊裘，将欲归寝。从者忽呈书一函，外书"至黄山顶上呈"。惊问何来，启视，乃赐生赠别诗四章，读之大笑。盖此游，赐生初欲随其尊人同来，因秋试期迫，怅不及从而赋此。其句云：

早闻清梦落云峰，快意翻成不意逢，
已被山灵知客到，昨宵新洗玉芙蓉。

老亲腰脚健撑梧，出入烟霞兴不孤，
我比陶家儿子劣，篮舆不教上山扶。

丹穴云梯一径通，阴崖朝暮弄狙公，
归来定对阿宜笑，胜汝看花到月宫。

万峰堆里忽传笺，料得开函笑欲颠，

只恨诗才非小谢，不堪携看问青天。

余亦得二绝云：

不辞辛苦造灵峰，铺海奇观正恰逢，

夜坐文殊台上望，右边矗立两芙蓉。

天都欲上路难通，自蓺炉香拜雪公，

一望白云生足底，始知身已列仙宫。

今日计行十有八里，夜宿文殊院。

初六日，四更，僧呼曰：今日晴霁，可即起观日出。此遇最难，不可错过。众皆起，登文殊台，西望莲花、莲蕊两峰，峰皆赤，盖霞气所映也。东望，红霞半天。顷之，红霞中又起黑影一线，高低若远山状。既而大放光明，如火之焰，金之灿。约半时许，日始升，色白如镜，若隐若见，摇曳不定。既上复下，若是者三，而始升矣。初色红，渐上渐淡，亦渐小矣。于时海色初明，清风徐至，心旷神怡，皆有飘飘遗世之态。僧曰：往游天海，此其时也。因询碣石居遗址，云去此二里许，毁败有年，径亦塞矣。少坐，饭毕。遂率从者出院，西上数十步，石壁有字形四，剔苔视之，乃"华藏"二字，后二字剥落不可辨。过此，名莲花沟，步步而下，径仄草深，时防倾跌。里许，至阎王壁。壁骑路中，非越壁不得过。视壁下凿有足迹，须依痕方可停足。幸止三步，外则万丈深渊，所喜榛荆横生，为之遮蔽，虽深而不觉也。遂令导者先过，用白布一匹，使执定其尾端，使从者拉之如栏状。因以一手扶布，一手扪壁，次第而过，正不觉险也。壁刻"大士崖"三字，盖古称阎王壁，后人改名大士崖，欲以慈悲济险恶也。去数十步，又如前壁，亦三步耳。得一诗云：

　　径仄不盈咫，一步低一步。

　　下过千万阶，俯视犹如故。

　　外空深不测，足底生云雾。

　　一石立当前，断绝去来路。

　　或谓阎王壁，栗栗生危惧。

或谓大士崖，转念无恐怖。

欲探后海胜，舍此无他渡。

渡过不知险，似有山灵护。

过此，仙韭丛生，术香扑鼻，令从者遍觅不得。行半里，香始灭。自此则又自下而上，莲花岭至矣。是时，云雾迷足，视不见底。岭级狭而厚，一步一歇，或蛇行，或膝代足。将上岭，有贝叶庵遗址在焉。半岭旁有石洞，名莲花，顺步入，洞深十余步，泉水滴滴，不通路径。复出洞，又上约时许，始至顶。顶则两峰夹立，亦如天门坎状。岭顶北稍平，咸席地坐，略运其气。导者指曰：此乃海螺峰，此为大鹏峰。正审视间，导者又指一曲径曰：此即上莲花峰要路也，须五里可至。雨墩闻之，勃然欲往。复问于余，余思今时之游较昔悬殊。昔三五里间皆有庵舍，或雨或暮，遂可止。今则不然，由文殊院达狮子林，约二十里，舍狮林别无投宿处。且今日未逾十里，再上莲花，往返又须十里。当此深秋，天已短，恐不及，将奈何？力阻始止。于是促从者下岭先行。自此皆依莲花麓而下，路侧有连理松一株，对望则奇松盖鹤峰，历历在目，不敢流连。于是向左而下，下矼，即百步云梯。梯百余级，古称天险，上半有石山夹立，下半则左右俱空，深不可测，仅此一线，石阶如鼻在面。导者云：下时勿俯视，否则不能举步矣。有从人素号有胆，奋然前行，试睨其下，则股栗不能跬步，始知其真天险也。余等因寺僧先嘱以险，至此扶导者而下，反不觉也。其级有依石凿成，有段石搭成者，相传亦普门师手辟也。下梯，左转而上，依峰麓行，径益仄，蒙荆棘中，蹑羊肠，历鸟道，约里许，至一庵基处。询之僧云：即大悲院旧址也。由址右而上，登狭级数十步，逆转，平行又数十步，而至鳌鱼洞。立洞前，回视云梯之险，恍在梦中，不知其何能到此也。洞口可容十人，中有一窟，泉水盈盈。令从者汲水煮茶，餐以干粮。由洞中登四十二级，出洞，再逆转，上二十五级至鳌鱼脊。过此平若坦途，不复有历阶之苦矣。立脊上望天海，海上诸峰，历历可考。又无数瘦峰，参差而立，名曰五百罗汉朝天台。又所谓海船、海马者，大略相似。又近山一石，状如玄武，首足俱备，称乌龟石。此时诸人望之，皆有欲留不舍之意。遂步过天海，行约半里，云雾突至，人对面几不见，近语几不闻。少顷，雾散，四望空阔，茅草深可蔽人。导者惊曰：前无路引，不知向何方行。令从者同其寻觅，约一时许，咸曰四方无路。日已西斜，云雾又起，诸人面面相觑，无可为计，各席地坐。忽忆《黄海指南》有云：至鳌鱼脊观天海诸胜，前即天海丛林，从庵后一径直上，往东北登光明顶云云。然而此丛林已不知何年败毁，基址无存。询导者，茫然。遂以罗经较之，恍然始悟。正欲向往，蒋升生大呼曰："路在此矣。"望之，正东北，诸人始定。盖过天海时，且观且行，越过此径而不知也。寄语后游人，凡到此者，必觅一谙练路径之人，庶几无误耳。于是率从者依路向东北行，并使蒋升生先行，探看路形，以碑石为识，我辈继进。上至一处，地平且广，可数十亩，询即光明顶矣。惜乎雾气未收，远近峰峦皆不得见，遥望乌龟石，宛然在上。又见一轮红日，含在山腰，瞬息而坠，知时已将暮，风雾兼至，不敢少停，遂下。行里许，至西海门。门是两峰对峙，昏黑之际，望之宛似城门，其门内黑雾迷天，毫无可辨。相传明万历间已无人至，毒虫恶兽，匿迹于此。自古至今，从未闻出此海门者，似与仙灵分界处也。遂左转而下，约半里，忽见一灯前来，大声问之，蒋升生至矣，且曰：狮子林即在前面，须四五里可至，路虽不峻，夜暮难行，诸君速往。于是疾行，遇险处，令蒋升生扶之。道中碎石崎岖，箬竹遍地，雾露兼侵，满身尽湿，至林已二鼓矣。得有栖止，心皆定焉。是日计行二十里，危险之境尽历，迷道之惊尽尝，今日之游，可谓甘苦备尝矣。僧慧灯邀入庵中，慧灯屏而跛。时已饥甚，饭毕，将卧，偶得一律云：

夜半投林宿，如飞鸟倦还，

客来三老健，庵剩一僧屏，

听瀑耳初洗，抚松心自闲，

群峰望不见，姑卧白云间。

初七日，晨起，雾雨萧萧，不克往游，心甚怅怏，焚瓣香，礼普贤毕，庵内徘徊。庵正屋六间，子山午向，前三间供普贤像，后三间为客堂，东西偏各数间，俱有楼。正殿"岭上多白云"五字额，康熙辛巳京江张玉书题。又吴公大受题"真是活佛"四字。又"狮子林"篆书三字，系江蔗畦先生题。又"别有洞天"四字，不知何人书。

其楹联云："剔明灯火，千烽日月醒人梦；摇曳袈裟，万里烟霞遍海天。"又一联云："奇妙脱凡蹊，果到峰头始信；光明凌绝顶，直从天外飞来。"又一联云："天外峰头狮起舞，云间招手佛随缘。"皆无款识。山门联云："人间有石皆奴仆，天下无山可弟兄。"书法颇苍劲。殿之背即客堂之对照也，额曰"说也不信"四字。仙源令襄平陈公九陛集山中成语一联云："岂有此理说也不信，真正妙绝到者方知。"客堂额曰"奇境真修"。赵青藜一联云："住此仙人窟，参来上乘禅。"又项砚田先生瞰一联云："奇石幽松天然仙境，巍岩深壑自是名山。"左壁有康熙三十一年狮林精舍碑记，云："林之西南，光明顶、云梯，歙县界，林之北，石笋冈、仙榜峰，太平县界。"亦陈公九陛撰。壁间题咏甚多，工拙各半。惟记项砚田"问僧多识野花名"一句，余皆不复忆及矣。门外品字松一株，枝繁本短，与山外似相异也。庵后即狮子峰，左有连理松一株，庵侧二塔。一狮林开山和尚寓安寄公塔，一为僧之母塔。又有五龙松，势若虬龙盘旋。午后，雨虽小住，雾尚未收。雨墩欲复游天海，僧阻以路湿。余曰："远固不可游，近又何害？"遂着屐携筇登清凉台。台长约八尺，阔半之，一松从台石出，团团如盖，曰"破石松"。立台上一望，如身悬空中。下台数武，石上镌"奇特"二字，旁署"厚庵"两小字。又"观止矣"三字。由左而上，曰破石峰。又一石，形如椅，曰"困石"。坐石小憩，又由左而上，登驼背峰。峰上下奇松不知几千万株，皆天然如曾盘屈者。惟云雾未收，一无所见，心甚怅然，而兴不少减。又登阶而上，迎面石刻"神巧"二字，又"面面受奇"四字。再上数十步，至一石室，额书"烟霏云绕"。联云："足临清福地，身在画图中。"内供普贤像，篆书"卧云庵"三字，休阳程宏绪题。此室并无僧住，终日门扃，上有程芝云集泰山碑"放大光明"四字。有钱塘汪君夑一联云："石诡松奇自是有仙骨，僧闲云懒到来生隐心。"又胡元照一联云："曾游雁宕居安固，又住狮林享太平。"出庵右上，即登狮子峰，雨后路滑，未往。今日峰峦未曾一见，抱怅而归。僧曰：此地秋来十日九雾，一年之中惟六七两月稍少。得一绝云：

漫天秋雾悄无声，见说旬无一日晴，

可是山灵留客住，故教云蔽不分明。

初八日，鸡初鸣，披衣而起，待晓，弥天大雾，风声飒飒，行止不能决。饭后欲行，僧云：此去之路深草且不平坦，莫若俟晴霁乃妙。惟思明日复雾，后日再雾，将奈何。决计遂行，如不能行，再回无碍，催发从者先行。路箸竹互交，雾雨益重。度过平天冈，约已五里，蓬蒿没人，迷不见路。导者曰：此路往年并无深草，缘去春有三岔地方匪人，成群入山，将庵僧捆缚，庵中物件，掳掠一空。幸绳索自松得脱，否则饿死而人不知。是以年来道中草虽畅茂，不愿砍斫，冀免盗窃之意，亦痴想也。然此患古亦有之。按《黄山领要录》云：万历壬子春，五台僧一乘过此，谓峰壑可供游览，畦圃可力锄灌，吾何求哉？乃构屋数楹，负土拓基，与众同力作，不逾月庵成，远近助衣粮者日至。有偷儿潜伏室中，夜分窃所助物。将启户去，忽有光从门限起，明如白昼，诸匠惊起，执获。师笑而遣之云云。何今日之光，藏而不明邪？抑慧灯无一乘之道力邪？录此以助一笑。此际从者见草深无路，俱有难色，仍回狮子林。行约三里，有歧路一径。导者曰：此登始信峰之捷径也，曷不便道一登？皆欣然往。将至，见小峰一，孤立，顶尖如笔，旁生一松，依峰而上，枝叶平铺如曲柄盖状。僧曰：此梦笔生花也。忽闻松林中细声袅袅，宛如笙笛。询僧云：此山乐鸟也。夏日甚多，入秋则少矣，况深秋乎。今得闻此，亦甚幸也。元汪文节公《泽民记》中所载，山乐鸟有三种。一较鹦鹆差大，每集必数十，毛色浅赤，游人将至，必先期而鸣曰：客到客到。一似百舌，亦数十为群，其声屡迁，时而大声轰轰，如车轮之过阙，时而细声袅袅，如洞箫之临流。一质小而轻便，飞不过寻丈，声如铃铎，多至数百，散依丛薄间。今所闻，盖似百舌一种也。得一绝云：

冒雾寻幽径，登临兴不衰，
一声山乐鸟，赚我转头来。

又上，将至峰顶，有一石桥。桥以片石作栏，左有白皮松一株，旁枝横卧，游人可扶而渡。迎面石上镌"聚音松"三字。过此又一石壁，傍峰而立，壁离峰尺许，如人间小巷。巷中犹刻"净土"二字。出巷右上，始达峰顶。奇石屏列，秀削难名。壁有碑二，一横一纵，乃江太守恂所立，上刻"乾隆乙未秋九月，郡守江恂偕昆山朱淮、泾川胡元文访家丽田族祖于始信峰"等字，后半剥落，不可辨。其横碑乃江丽田先生自记云："或称始信峰有定空室，开山僧一乘每日暮，狮林课毕，即宿其中，风雨无间。吾族祖江天一先生来游，书'寒江子独坐'五字于扉，今室废迹湮，而犹啧啧人口，盖重其人也。癸巳秋七月，余自云谷来探后海之胜，邂逅巴君雪坪，素称好事，由前海而来，多标异迹。文殊院则题'阿难礼佛'于玉屏峰，碣石居锡'九如松'之嘉名，补八大名松之缺。始信峰为余作'琴台'于孤松之巅，皆山林胜举，可咏亦可传也。丽田生摩崖记此。"云云。此碑后石壁上刻"始信峰"三大字，碑之前一石上镌"丽田生弹琴处"隶书六字。余三人席地而坐，藉江氏两先生高风，今日登临，何修到此。远近奇峰虽为薄雾微遮，不克朗视，而潇洒欲仙，情景实非人间所得知者。得诗一首云：

弹琴丽田生，独坐寒江子，

高人出江氏，清奇迈无比。

断碑文尚在，使人慕不已，

今日我登临，何修得到此。

流览时许，犹有不舍之意。从者催行，始归。至狮子林，饭后，雾收日出，峰头尽见。以日晷测之，才午正二刻。出庵一望，松余滴滴，山径渐干，令僧导观龙潭。僧曰："此处久无人至，草深难步。值此秋霁，何不由散花坞而至松谷一游。昔人谓'不到散花坞，不知天下奇石'是也。盖奇花异卉，都聚于此，岂可舍而他焉？"询其路，尚二十里。秋深日短，未可远行，遂再至卧云庵。西望骑马、堆果诸峰，视之逼肖。连朝大雾，今忽晴霁，眼界为之一开。其峰石之如人如物，随人比拟，愈视愈神。人咸知移步换形，余谓移目转睫即换形矣。南望始信，清秀如画。从者报曰又铺海矣。于是复登清凉台，始而台下云白若絮，如水光之接天，一望无际。少顷，中出五色云，绕峰而布，远峰峰尖尚露，与文殊院所观尤异。诚奇景也。得五古一首云：

高台不盈丈，其阔仅容咫。

一松破石出，天与游人倚。

俄然白云铺，大气出甑底。

又疑水连天，白浪滔滔起。

远峰尖尚露，海上三山似。

我欲乘长风，一去三万里。

又恐蓬莱干，身先彭祖死。

不如掩茅屋，独卧一灯里。

　　右望石笋冈，石笋如林。又无数小峰，若美女照镜者，最神肖。又一石卓立如人，袍笏冠带，无不毕具。又见似五老人伛偻参差，搭肩而立。僧云：五老峰也。其余怪怪奇奇，口不能名，目不暇给，即楮墨亦不能写也。良久，始回庵前小坐，从者采得小松数株。偶得一绝云：

狮林景最幽，无计长留住，

惟有采松归，日领山林趣。

　　日将西下，微风徐来，僧人忽烹苦茗至，啜之畅甚。少顷日落，大雾复起，余甚忧之。僧曰：此干雾也，明日午前可望晴霁。干雾气清，隐约可见；湿雾似雨，对视不清。此明证也。黄昏后，果见星月满天，遂与慧灯约，明日无论阴晴，决然出山，可送一程否。僧诺，始各归寝。

初九日，重阳。五更起，仍微雾。平明出庵，经虎卦松、海棠峰，循光明顶之麓而行。忆去年社课，同人以重九日登光明顶放歌为题，似预为今日谶然，亦一奇也。今将此诗附录于此：

佳日莫虚度，寒食与重九，

寒食好寻春，重九宜中酒。

又闻重九须登高，提壶簪菊持双螯。

借问登高往何处，吾乡莫若黄山去。

黄山上有清凉台，山云铺海声轰雷。

历尽险绝忽平坦，直到光明顶上来。

长啸一声震山嶂，谷应山鸣声万状。

低头一望众山无，始知身在云霄上。

席地衔杯饮且歌，人生行乐能几何。

三十六峰都峻削，独有此顶平如坡。

风飕飕兮欲暮，雾漫漫兮将迷。

虬龙虎豹满罗列，雁叫木落青猿啼。

红霞翠影映残日，寒林叶战生萧瑟。

陶然一醉不思归，回视峰头月初出。

度过朱岭，抵平天冈，约五里。慧灯送至冈下而别。又二里，过河，河中乱石将塞，履石而度。又二里，复过河，至北岸，薄雾溟濛，绝无生趣。又二里，有石亭，已倒塌，就石小憩。再过河，至雪庄和尚墓。相传雪庄本淮阴人，初至皮篷，复结茅于此，改名云舫。余未冠时，曾见所画黄山图长卷，并题七古一章，款书"癸未孟夏并题于黄山后海云舫琴窗中楚州雪道人悟"，印二，一"黄山野人"，一"雪庄名悟"。三十年来，此卷又不知流于何处也。又见《黄岳纪程》中有雪庄自咏一律云：

　　山人清且癯，非墨亦非儒，

　　结屋千峰绕，听泉一杖扶，

　　野花垂宝网，春菜撷珍珠，

　　读画焚香外，弹琴意自娱。

一时名人多与缔交。又半里，度白沙岭，雨忽至，急趋下岭，见石壁似有细字数行。垣衣满布，辨视不清，但见"歙北"二字，不知何人所记。又下五里，道中望仙灯洞如近咫尺，又名仙僧洞。导者指曰：洞中乳滴若雨，阴晦之夕，洞口有灯，朗朗如星月。土人谓之圣灯云。又下至路侧草篷，避雨吸茶。少刻雨住，又闻山乐鸟数声，精神为之一爽。又里许，道左右壁镌"万重翠雨"四大字，乾隆壬子重秋江宁韩廷秀题。又一里，见败垣零落，屋宇倾颓。僧曰：云谷寺至矣。寺依钵盂峰下，故又曰掷钵禅院。咸丰元年春为风雨倾圮，旧为黄山精舍之极严整者，有前明敕赐藏经及惠王题额。外则古木阴翳，石径纡回，凡游客从前海至此，则为下山憩息之地。若从后海来，则入山第一胜景也。令人感慨系之。过寺半里，则见大石累累，不知凡几，似塞黄山水口也。此外诸山重重罗绕。再数步，壁上镌"妙从此始"四字，又"通幽"二字，徐士业题。又"醉吟"二字，又隶书"回首白云低"五字。再数十步，石上有"千古"二字，又"斯人佳境"四字。再一里，有千丈奇峰立于道左，上书"仙人榜"三字，名仙榜峰。又"来者有缘"四字，松岩汪廷茂题。再一里，突见两石夹立如门，上有"开门石"三字。出此门，又"阿弥陀佛"四字，一路峰峦均为雾蔽，惟九龙一峰巍然独在。导者邀往龙峰庵小住，询路，尚五里，遂辞之。再里许，似一小岭，步步向上，颇觉倦人。一处稍宽，询即天绅亭之遗址也。同人席地小坐，回视九龙峰，飞瀑千寻，直落岩下，下注为潭，潭流为瀑，瀑叠有九，潭亦有九。其潭方圆天然，殆类凿成，水色澄碧，远视如九匹白练连续而下。历观瀑布，莫有巨于此，亦莫有奇于此者。又五里，如下岭状，至黄山胜境坊，乃乾隆三十二年秋七月江督高晋立。自雪庄墓至此，皆曰丞相源。相传为宋丞相营蒐裘处，或云陶学士石刻尚存，故称丞相源云。出坊即苦竹溪。又半里，访脚庵借宿。庵原名继竺，咸丰丙辰遭兵燹，为瓦砾场矣。至此，野水盈田，村庄稠密，时已薄暮。急度金丝岭，计五里而抵汤口，遂借程氏宅止焉。是日共行三十五里。前人由歙入山，咸以此为正面，盖路平无险，直抵后海者可，若统而论之，以此为正面者，吾不知也。

初十日，阴。晨起，朱砂、紫云两庵僧及导者俱辞去。少顷，庵僧复至，持以云雾茶、木莲果、放光石、黄山图见赠而别，余游兴未已。回忆在山望奇峰，观铺海，登云梯及天海迷道，犹有余恋也。遂作长歌以纪之云：

此身忘在群山中，如入斗阙朝珠宫。

百灵万怪罔不集，天帝置酒纷来同。

但见诸天峨峨袒肩臂，大士隐隐从幡幢。

太乙莲船半空碧，王母桃花千遍红。

龙威丈人捧绿字，电光玉女磨青铜。

金鸡一声海日烂，青鸾对举烟霄空。

鲸鹏摩牵北溟北，龙象蹴踏东天东。

灵龟仙鼠琐碎不足道，亦复蟹蟇跳荡从云风。

我思人物写生手，曹吴顾陆皆国工。

大者等身小径寸，直至寻丈技已穷。

生绡百尺老坡笑，世上安得此绢供。

谁知人间有此大画嶂，千仞万仞悬穹隆。

若使画师规临作粉本，岂不开拓万古之心胸。

又怪丞相秦始置西域，贾胡汉始通屏风。

名见孟尝传，管城封者将军蒙。

此皆三代以下事，人所制作天无功。

何以三万年前乾坤甫开阔，早已一一胪列青芙蓉。

怀疑欲向碧翁问，日车忽下天都峰。

烟榛雾淞眯归路，垂二分足心忡忡。

茅庵望见急奔赴，半夜已打寒山钟。

老僧持灯出照客，怪客颜面何惺忪。

人生歧路亦已多，死此或与轩辕逢。

胡为痛哭衡岳顶，胆小竟似昌黎翁。

　　早饭毕，从者促行，午刻过浮溪之净土庵，便询海马，访有程廷柱者，年七十二矣，与谈游法甚详。其父福海，世代业此，今而后无继之者。约以来年重游，茶罢而别。旧地重经，无心游览，薄暮抵忠灵堂，信宿僧楼。是日行三十九里。

　　十一日，四更即起，平明度山口岭。雨至，小坐，旋过下舍，至杨干寺。略一瞻览，山门有"敕建杨干禅寺"额，旁题"柱国公高安吴山书"。入寺，殿宇宏廓，碑记万历癸未里人罗锷请建。后殿墀中有古墓，石刻"呈坎罗氏唐故始祖罗山隐公之墓，大宋元丰年立"。其大殿一联云："优钵花开，香满三千世界；菩提树长，荫遮百万人天。"又一联云："一堂佛相，闷的闷，笑的笑，观众生苦多乐少；万岁君王，忧民忧，乐民乐，愿四海雨顺风调。"寺僧邀入方丈，茶毕而别。寻归路，度云岭，过檀干，抵家已薄暝矣。今日行六十一里。是游也，往返十有三日，共行三百余里，虽于胜境十未窥五，而幽迥之趣已领，奇险之境已尝，灵异之遇已获。二十年梦绕神思之愿，亦可稍慰矣。随笔书此，非敢曰记，聊为后之游者作前导耳。

跋一

黄山之奇，何所不有，秋宜少牧著《黄山纪游》篇，于山之奇峰奇境奇松奇石，悉笔之于书，加之以题咏，斯游为无负矣。予亦歙人，未瞰云海，仅作少文卧游想，虽有奇癖，无奇缘也。今读是册，搜奇纪胜，俯唱遥吟，觉其文奇，其诗奇，其人亦与山俱奇，得不拍手称奇绝耶？

同邑卓芸程端本识于鄂城槲次

跋二

新安大好山水，而黄山尤秀甲一郡。每闻客有谈天都之盛者，辄欲登临乎三十六峰，使云海荡胸，天风振袂，一写吾磅礴郁积之奇而后快。无如少时读书不暇游，服官来楚，愈不暇游。迨辛酉守郢中，族兄秋宜自故乡来，携有《黄山纪游》行卷，游览再四，美其字瘦题石，诗寒说云，胜概豪情，殊令予作天际真人之想。古人云，高山仰止，景行行止，虽不能至，心向往之矣。他日倘与山灵有缘，定与兄作续游一记。

虎卿弟昌辅识

跋三

黄山奇胜闻天下，又毗连西浙，地近而境不绝，则游者宜多，然吾乡近时士夫，至者绝少。非无济胜之具，特以尘俗所役，遂不能与山水为缘，是可叹也。象济好游，航海者八，宇内名区，亦尝猎涉。今年计偕入都，因至昌平。瞻明十三陵，雄阔足称帝居，还辕叩行宫，浴汤泉，拟撰诗恭纪岁月，而笔弱气馁，数易稿而篇未成。读随园三次游诗，未尝不为前人称幸焉。先以庚申秋，从曾爵相于祁门，时张小浦中丞，方卸兵事，约同览齐云，而徽州陷贼，遂不果行。栖迟湘湖之间，六易岁月。因同岁生黄赐生，得识其叔氏秋宜先生，出所为《黄山纪游》见示。读之，如身涉云海，隔绝凡想，纪行之篇，又多奇创。先生之游，在兵燹后，而所阅所述，又复如此，可谓豪矣。今者，东南渐靖，济亦将归，以毕夙愿。而赐生已举进士第，行将服官。虽为乡人，恐不能徜徉泉石。独济得以废弃之身，汗漫六合，他时复有所作，固当述之，以傲其所难能，先生闻之，宜为掀髯而一笑也。

同治四年夏六月杨象济利叔甫录于汉皋青芝堂

跋四

同治乙丑岁，余游鄂阳，秋宜先生自武昌寄《黄山纪游》一册见示，属为题跋。愧余五岳不一游，天下名山，唯匡庐曾于彭蠡一望见之。迤逦秀发，如天之垂雾，惜未能穷其奥妙。然读《庐山志》及太白、欧阳、苏氏诸诗，虽不得游，思过半矣。黄山为近代搜出奇胜，尝阅袁存斋文记，一闻其略而已。今得此册，若天镜照空，纤毫悉在。加以诗歌咏叹，而全神且毕献矣。前此后此，一切游览纪述之作，皆可以废。方置案头，为黄陂张竹生大令沔阳闵稚苹太史携去传钞，屡索不可得。及余将去郢，方获见还。舟中重阅，斗觉三十六峰，压于篷窗几席间，恐载重不可行。风波汹涌，时且防蛟龙起而夺我也。亟题数言，缄秘之，以待复于先生云。

会稽施山跋于仙桃镇舟次

跋五

一编新著录，千载古名山，

时有白峰气，与之相往还，

诗都凌鲍谢，画不到荆关，

叠嶂层峦秀，收归楮墨间。

辛未秋分后三日竹翁拜跋

出版说明

　　"大家小书"多是一代大家的经典著作，在还属于手抄的著述年代里，每个字都是经过作者精琢细磨之后所拣选的。为尊重作者写作习惯和遣词风格、尊重语言文字自身发展流变的规律，为读者提供一个可靠的版本，"大家小书"对于已经经典化的作品不进行现代汉语的规范化处理。

　　提请读者特别注意。

北京出版社